8

叶甫盖尼·奥涅金

普希金文集

上海译文出版社

ПОЛНОЕ СОБРАНИЕ СОЧИНЕНИЙ VIII

冯 春——译

А. С. ПУШКИН

《叶甫盖尼 · 奥涅金》 M. П. 克洛特 绘 1886 年

《叶甫盖尼 · 奥涅金》 K. A. 科罗温 绘 1899 年

目 次

叶甫盖尼·奥涅金 …… 001
第一章 …… 004
第二章 …… 053
第三章 …… 085
第四章 …… 119
第五章 …… 152
第六章 …… 185
第七章 …… 215
第八章 …… 254

注释 …… 294
奥涅金的旅行（片断） …… 303
第十章 …… 319

别稿 …… 327

题解 …… 417

诗体长篇小说

叶甫盖尼·奥涅金

他虚荣心极重，又特别自负，因此无论在谈到自己好的或坏的行为时都抱着无所谓的态度，这也许是他心存优越感的结果。

摘自一封私信[①]

① 原文为法语。

无意取悦高傲的社交界，
只爱关怀备至的友情，
本想表明友谊的真切，
让它更能够和你相称，
更配得上你美丽的心灵，
它充满神圣美好的理想，
它满怀生动明朗的诗情，
淳朴还饱含崇高的想望；
但就这样吧，请凭着错爱的心，
伸出手来，接受这芜杂的诗行，
它有些可笑，又有些凄楚，
它有些理想，还很通俗，
是随意写下的游戏文章，
写在失眠、心血来潮之时，
是幼稚、早衰年华的纪录，
是冷静头脑观察的往事，
内心悲伤时记下的感悟。

第一章

又急于生命，又忙于感受。

——维亚泽姆斯基公爵[①]

一

“我的伯父最讲究家规，
这会儿正病得奄奄一息，
他叫人要好好孝敬长辈，
亏他想出这绝妙的主意。
他的榜样真堪称楷模；
可是，上帝，这有多难过，
日日夜夜守着这病人，
寸步不离怎能叫人容忍！
得想出多么下贱的把戏，
讨取这半死老头的欢心，

① 维亚泽姆斯基（1792—1876），俄国诗人，这句诗引自他的《初雪》。

得把枕头摆得四平八稳，
还要满面愁容送上药剂，
我边叹息边暗自寻思：
何年何月鬼才把你抓去！”

二

驿车在烟尘中辘辘飞奔，
年轻的浪荡公子暗暗思量，
他是亲属当中的继承人，

这是宙斯的最高意向。

柳德米拉和鲁斯兰的朋友！①

无须写序文说明缘由，

现在我就来向你们介绍，

我这部长篇小说的主角：

我的好朋友，他叫奥涅金，

从小生长在涅瓦河边上，

您或许也是诞生在这地方，

我的读者，在这里平步青云；

我也曾在那里游荡嬉戏，

但北方却对我有害无益。②[1]

三

他父亲服务不辞劳瘁，

退休后落得个债台高筑，

---

① 鲁斯兰和柳德米拉是普希金同名长诗中的主人公，此处“朋友”指读者。

② 普希金 1820 年被流放到南方，他在彼得堡受到惩处，因此说他在北方有害无益。

他每年要举办三次舞会，
终于耗尽了全部财富。
叶甫盖尼运气总算不坏：
照顾他的有个法国太太①，
接替她的是位法国先生②；
孩子虽淘气，却可爱聪颖。
拉贝先生③是个穷法国人，
为了不让孩子过于疲累，
他所教的一切都很随意，
不用严格的训诫叫他苦闷，
孩子顽皮，他只责备几句，
还带他到夏园去散步游戏。

①②③ 原文为法语。

四

这时叶甫盖尼已长大成人，
成了热情冲动的青春少年，
到了满怀憧憬和愁闷的年龄，
那法国先生①也被赶出庄园，
我的奥涅金是那么风流倜傥，
他的头发已剪成最新式样，
衣着也像伦敦的花花公子②，
他终于在社交界显露丰姿。
无论是说话还是书写，
他的法语已是无懈可击，
跳玛祖卡，他舞步轻盈飘逸，
向人鞠躬也潇洒亲切。
有什么可说的，这样的人品？
社交界都说他聪明可亲。

① 原文为法语。
② 原文为英语。

五

我们大家都勉勉强强
多少学过一点儿知识，
炫耀炫耀我们的教养，
感谢上帝，并非什么难事。
谈到奥涅金，大家都一致
(这可是些铁面无私之士)
说他小有学问，却食古不化，
赋有得天独厚的才华，
谈论什么，他都轻而易举，
与人聊天，总对答如流，
重大争论中他三缄其口，
流露出博学多才的神气，
他常用出其不意的妙语，
引出太太们的会心笑意。

六

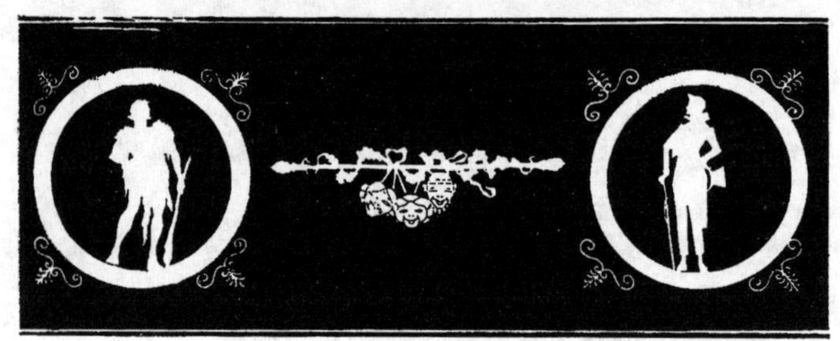

拉丁文如今已不很时行：
要是我跟你说句实话，
他对拉丁文并不很精通，
只够读读碑铭和题跋，
他能谈论尤维纳利斯[①]的诗章，

① 尤维纳利斯（约 60—约 140），古罗马讽刺诗人。

在信尾写上拉丁文“祝你健康”，
《伊尼特》[①]他能背出一两句，
他也常常念错几个词语。
他绝没有那种闲情逸致，
钻进尘封的故纸黄卷，
寻觅古代的故实残篇，
但是昔日的奇闻轶事，
从罗慕路斯[②]直到今日，
他却如数家珍无所不知。

七

他并不热衷于钻研诗艺，
为音韵他可不肯豁出性命，
不管我们怎样帮他解释，
抑扬格和扬抑格[③]他总分不清。

---

① 古罗马诗人维吉尔（前70—前19）的著名史诗。
② 罗慕路斯，传说中罗马城的建立者，王政时代的第一王。
③ 俄文诗的两种格律。

他指摘荷马和忒俄克里托斯[①]，
却读过亚当·斯密[②]的典籍，
他对经济学曾深入钻研，
许多问题他都善于论断，
他懂得怎样使国家富强，
懂得国家靠什么生存，
它为什么不需要黄金，
当它从土地上取得报偿。
可是父亲不懂得这道理，
总是把土地抵押出去。

八

叶甫盖尼还有些什么能耐，
我可没工夫一一细说；
但是他表现出真正的天才，
他最为精通的一门功课，
他从年轻时就为之操劳，
尝受过痛苦，体验过美妙，
整日价使他愁思绵绵，
闷闷不乐和心灰意懒——
这是奥维德[③]歌唱过的爱情，

---

① 荷马（约前 9 世纪—前 8 世纪），古希腊诗人。忒俄克里托斯（约前 310—约前 245），古希腊诗人。
② 亚当·斯密（1723—1790），英国经济学家。
③ 奥维德（前 43—约 17），古罗马诗人，著有长篇叙事诗《变形记》。

一门情意绵绵的学问，
为了它奥维德被发配充军，
结束他光辉而叛逆的一生，
在摩尔达维亚荒凉的草原，
远离他的意大利家园。

九[①]

. . . .
. . . .
. . . .
. . . .

① 原作中有部分作者删节内容参见“别稿”，原作中的作者删节、未完成或手稿不清等处均以“·”代，此后不再一一注明。

一〇

他那么年轻就学会虚情假意，
会藏起希望，也会妒忌别人，
能叫人相信，也能叫人猜疑，
会显得失意，也会显得阴沉，
能趾高气扬，能百依百顺，
能冷漠疏远，能献尽殷勤！
沉默的时候显得懒洋洋，
争辩的时候却慷慨激昂，
写起情书来是那么随意，
他为一个人而生，只爱一颗心，
他善于显示自己的痴情！
他的一瞥急促而叫人入迷，
他有时腼腆，有时大胆，
必要时也会泪光闪闪！

一一

他会说笑让天真的少女吃惊，
花样翻新是他的拿手好戏，
他能显得绝望叫人担心，
能用甜蜜的恭维逗人欢喜，
他能抓住柔情蜜意的一瞬，
用他的聪明和热情去战胜
天真无邪少女的成见，

耐心等待不由自主的爱恋，
他会求取对方的表白，
善于谛听心的初次搏动，
他会死乞白赖地追求爱情，
终能在幽会中得到情爱……
可过后他会在僻静的处所，
面对面给她好好上一课！

一二

他早就会逗弄风流娘儿们，
让她们的芳心狂跳不已，
当他一心想要凌辱贬损
情场上与他争宠的情敌，
他会刻薄地加以恶言诽谤！
设下圈套叫他们自投罗网！
可是你们，自鸣得意的男人们，
却和他交好，结为知音：
对他表示亲密的有狡诈的丈夫，
有满心狐疑的昏聩老头子，
有趾高气扬的绿帽子绅士，
还有福布拉斯①的老门徒，
他们总为家里的美馔和老婆
显得踌躇满志，洋洋自得。

---

① 法国作家库弗莱（1760—1797）的小说《福布拉斯骑士的情史》中的主人公，一个专门引诱女子的人物。

一三　一四

一五

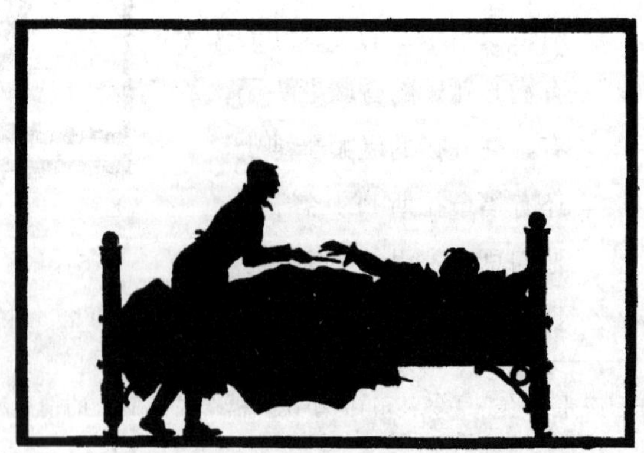

常有这样的事，他还在床上，
就给他送来了几封短信。
什么？请柬？真要请他赏光，
三家晚会都请他光临：
这家开舞会，那家孩子过节。
我们的公子上哪儿去好些？
先到哪一家？反正都一样：
哪个人家都能赶得上。
暂时还穿着早晨的便服，
戴上宽边的玻利瓦尔帽，[3]
奥涅金来到林荫大道，
在漫无边际的田野上散步，
直到那永不打盹的怀表，
为回家吃饭将他呼叫。

一六

夜幕降临，他登上了雪橇，
“让开，让开！”车夫一路叫喊；
亮晶晶的霜花银子般闪耀
在奥涅金海獭皮的领子上面。
雪橇驰往著名的泰隆饭店[1]，[4]
他相信卡维林[2]在等他欢宴。
一进大厅，瓶塞就飞向天棚，
彗星葡萄酒哗哗冲入怀中。
面前是烤牛排[3]，还带着血痕，
法国名厨最优秀的名牌，
年轻人的奢侈品地菇大菜，
还有斯特拉斯堡的新鲜肉饼，
周围是里姆堡的新鲜乳酪，
还有那菠萝金光闪耀。

---

① 原文为英语。
② 卡维林，普希金的朋友，十二月党人。
③ 原文为英语。

一七

他很想把美酒再干上几杯，
解解肉饼那滚烫的脂油，
可是怀表在提醒他别贪嘴，
已是新芭蕾舞开场的时候。
这位剧场里胡闹的带头人，
热烈追求漂亮的女伶，
朝三暮四的时髦公子哥儿，
值得尊敬的后台常客，
奥涅金飞也似的来到剧院，
在那里每个人都自由自在，
准备为击脚跳[1]鼓掌喝彩，

[1] 原文为法文 entrechat，舞蹈中的动作，跳起后两脚相互拍击。

给费特拉[1]、克娄巴特拉[2]起哄捣乱，
叫莫伊娜[3]再来一曲助兴
（为的是让人听到他的叫声）。

一八

多么迷人的地方！试想当时
讽刺喜剧的大胆泰斗、
自由之友冯维辛[4]和模仿大师
克尼亚日宁[5]在那里大显身手；
奥泽罗夫[6]和妙龄的谢苗诺娃[7]一起，
在那里共享观众的贺礼——
不由自主的眼泪和掌声；
我们的卡杰宁[8]在那里也曾
再现高乃依[9]光辉的天才，
刻薄的沙霍夫斯科伊[10]在那里
演出一连串令人捧腹的喜剧，
狄德洛[11]在那里赢得满堂彩，

---

① 希腊神话克里特岛国王米诺斯之女，舞剧中的主人公。
② 克娄巴特拉（前69—前30），埃及女王，舞剧的主人公。
③ 俄国剧作家奥泽罗夫（1769—1816）的悲剧《芬加尔》中的女主人公。
④ 冯维辛（1745—1792），俄国作家，作品有讽刺喜剧《纨绔少年》。
⑤ 克尼亚日宁（1742—1791），俄国剧作家。
⑥ 奥泽罗夫（1769—1816），俄国剧作家。
⑦ 谢苗诺娃（1786—1849），俄国著名悲剧演员。
⑧ 卡杰宁（1792—1853），俄国诗人、戏剧家，十二月党人。
⑨ 高乃依（1606—1684），法国剧作家。
⑩ 沙霍夫斯科伊（1777—1846），俄国喜剧作家。
⑪ 狄德洛（1767—1837），俄国著名芭蕾舞导演。

在剧场的帷幕底下，在那里，
我的青春岁月也飞一般逝去。

一九

我的女神们，你们怎么啦？
你们在哪里？请听我悲伤的声音：
你们都在吗？是不是换了人马，
另一群姑娘代替了你们？
我还能在你们的合唱中沉醉？
还能看见俄国的忒尔西科瑞①
充满灵感在舞台上起舞欢腾？
还是我这双忧伤的眼睛
找不到熟人登上这乏味的舞台，
只好拿起失望的望远镜
瞧瞧那与我格格不入的人群，
我这冷漠看客本为娱乐而来，
只好默默无言地打着呵欠，
独自回味昔日的欢恬？

二〇

剧院已客满，包厢里珠光晶莹，
前座和后座，处处人声激扬，

① 希腊神话中九个文艺和科学女神之一，司舞蹈，即歌舞女神。

楼座响起不耐烦的拍手声，
大幕终于沙沙响着拉上。
响起弓弦醉人的乐曲声，
那么鲜艳夺目，那么飘逸轻盈，
伊斯托敏娜①在舞台上站立，
周围簇拥着一群仙女；
她一只脚轻轻点着地上，
另外一只脚慢慢地旋转，
她一会儿跃起，一会儿腾翻，
像爱奥尔②吹起的羽毛飘翔，
她一会儿舒展身子，一会儿弯腰，
小脚飞快地拍打着小脚。

二一

大家都鼓掌，奥涅金走进剧场，

---

① 伊斯托敏娜（1799—1848），俄国舞蹈家。
② 希腊神话中的风神。

他擦着观众的脚挤进前排，
拿起双筒望远镜望了望
包厢里那些陌生的太太；
他匆匆扫了一眼所有的楼层，
全都看见了，所有的面孔
和打扮只能让他鄙视，
他对在座的男士点头致意，
然后漫不经心地瞧了瞧
舞台上正在进行的表演，
接着回过头打了个呵欠。
他说：“所有的节目早该换掉，
芭蕾舞我已看得不耐烦，
就是狄德洛也让我厌倦。”[5]

二二

还是爱神、毒蛇和鬼魂

在舞台上随意蹦跳和喧闹；
还是疲惫不堪的仆人
躺在大门口，在大衣上睡倒；
观众还是不停地咳嗽、
擤鼻涕、嘘演员、跺脚、拍手；
无论是剧场里边和外边，
到处都灯火通明灿烂；
马儿还在寒风中挣扎折腾，
对身上的挽具感到厌烦，
车夫们围坐在火堆旁边，
一边搓手一边咒骂主人；
这时奥涅金已走出剧场，
赶回家去换一套服装。

二三

要不要我真实地描绘一番
那间优雅清静的起居室，
这位标准的时髦少年
就在那里反复换着服饰？
凡是伦敦的化妆品商贾
为了换取油脂和原木，
从波罗的海运来满足人们
挖空心思想要的物品，
凡是巴黎层出不穷的口味
挑选了于它有用的手艺，

为了满足时髦的欢愉、
消遣和奢侈而制造的宝贝，
一切全用来精心装饰
这个十八岁哲学家的起居室。

二四

皇城[①]的烟斗用琥珀增辉，
桌上摆设着铜器和陶瓷，
雕花水晶瓶装着香水，
娇嫩的感官都觉得舒适；
梳子和小锉都是钢制品，
剪刀弯的直的五花八门，
三十来种不同的小刷，
用来刷牙和洗刷指甲。
卢梭[②]（我顺便在这里提一下）

---

① 指君士坦丁堡。
② 卢梭（1712—1778），法国启蒙思想家、哲学家、文学家，著有《新爱洛绮丝》《忏悔录》等作品。

不理解这举止庄重的格林[①]
为什么如此不知分寸，
敢面对这雄辩的狂士刷指甲。[6]
这位自由和人权的卫士，
这一回却显得很不理智。

二五

谁想把指甲刷得漂亮美观，
他仍可做个严肃正派的人，
何必徒然同时代争辩？
流行的风尚就是暴君。
叶甫盖尼是恰达耶夫[②]第二，
他害怕妒忌的议论指责，

① 格林（1723—1807），德国著作家、政论家。
② 恰达耶夫（1794—1856），普希金的好友，进步哲学家，以服装时髦著名。

衣着上他向来完美非凡，
这种人我们称为纨绔少年。
每天至少花掉三个钟点，
对着大小镜子反复修饰，
当他终于走出化妆室，
犹如风流的维纳斯来到人间，
这女神要去赴化装舞会，
她穿上男装显得那么美。

二六

我已经充分让你们的好奇心
见识过最新的时式打扮，
我还可以向见多识广的世人
在这里把他的服装描写一番；
不用说，这样做有点狂妄，
但描写一下我当仁不让：

什么西装裤、燕尾服、坎肩[①]，
俄语里本没有这些字眼；
真是对不起你们，我自知
这样做我这拙劣的文体
也已经显得芜杂离奇，
我本该少用一些外国字，
虽然过去我也常翻翻
科学院编纂的俄语辞典。

二七

我们别在这事上耽搁：
最好还是赶到舞会去，
我的奥涅金正乘着马车，
飞也似的往那里奔驰。

① 这些词分别来自意大利语和法语。

顺着朦胧入梦的街巷，
经过座座昏暗的楼房，
一列马车点燃了双灯，
欢乐的灯光在夜空中交映，
在雪地上绘出无数道彩虹，
四周闪耀着点点灯光，
一座豪宅里灯火辉煌；
成列的窗户里人影憧憧，
无数个人头忽现忽隐，
那是些名媛和时髦怪人。

二八

我们的主人公来到大门旁，
箭一般跑过守门人身边
沿着大理石台阶飞步直上，
还用手把头发梳理一番，
走进了大厅。里面人头攒动；
音乐已奏得不人起劲，
玛祖卡正跳得难解难分，
人声鼎沸，到处是人群。
骑兵的马刺铿锵作响，
可爱的淑女们秀足飞转；
随着这勾人魂魄的奇观
飞转着烈火般炽热的目光，
起劲的小提琴响声震天，

压倒了时髦娇妻们的怨言。

二九

在充满欢乐和期待的日子里，
我对舞会真是痴迷得发狂，
要表白爱情和传递信息，
再没有比这里更适宜的地方。
啊，你们啊，可敬的丈夫们！
为你们效劳是我的本分；
请你们不妨听听我的唠叨：
我想对你们提一点忠告。
还有你们，亲爱的妈咪，
看好自己的闺女，要十分当心：
举起单柄眼镜注视她们！
不然……不然，哦，我的上帝！
为什么我要写下这几句，
因为我早就不做缺德的事。

三〇

啊，为了寻欢作乐，消遣戏耍，
我早已消耗掉多少生命！
要不是因为世风日下，
对舞会我至今仍难以忘情。
我喜欢狂热的青春时刻，
喜欢热闹、华丽和欢乐，
还有淑女们别出心裁的盛服；
她们小巧的秀足尤为我爱慕，
在整个俄国你未必能够
找到三双玲珑秀美的小脚，
啊，我久久不能够忘掉
那双小脚……我虽然冷漠、哀愁，
却还记得它们，在梦中
我的心常常被它们激动。

三一

痴心的人啊，究竟何时何地
在哪片荒野你才能把它遗忘?
啊，小脚，小脚，如今你在哪里?
在哪里踏着春天的群芳?
你在东方舒适生活中娇养，
在北国凄凉荒蛮的雪地上
未曾留下你娇嫩的痕迹;
只有那地毯柔软而华丽
才是你喜欢漫步的地方。
为了你，我不再沽名钓誉，
我已把家乡和流放忘记，
这件事难道是很久的已往?
青春的欢乐早已如烟消逝，
犹如你草地上淡淡的足迹。

三二

弗洛拉[1]的容颜，狄安娜[2]的胸脯，
我的朋友，这都令人神魂颠倒!
可是忒尔西科瑞的秀足，
却使我感到更加美妙。

---

① 罗马神话中的花神。
② 罗马神话中的月神，一说即月神塞勒涅。

瞧着它，那就意味着让你独享
无法估价的宝贵奖赏，
它会以那典范的美让你
心驰神往和想入非非。
我爱它，我的朋友爱尔维娜[①]，
无论是在长长的台布下方，
在春天青翠葱茏的草地上，
在冬天火热的壁炉脚下，
在大厅光滑如镜的地板，
在海滨花岗岩悬崖上面。

三三

我想起暴风雨来临前的大海，
我多么羡慕那起伏的波涛，
它汹涌澎湃，滚滚而来，
满怀爱情涌向她的双脚！
那时我多想随着波浪的奔腾，
去将那双可爱的小脚亲吻！
哦，即使在沸腾着青春的时期，
在那烈火般狂热的日子里，
我也没有在这样的想望中愁苦，

① 十八、十九世纪俄国诗歌作品常用的女性名字。此处暗指作者心仪的某个女子。

想去亲吻阿尔密达[1]们的小嘴，
或她们脸上那鲜艳的玫瑰，
或她们那满怀柔情的胸脯，
哦，我那火热奔涌的激情，
从来没有这样折磨过我的心灵！

三四

我想起了另外一些时辰！
有时我会放任隐秘的幻想奔驰，
我仿佛扶住那可爱的马镫……
感觉到小脚就握在我手里；
我的想象又一次沸腾，
感觉到小脚握在我的手中，
又一次燃起我枯萎心中的热血，
又一次为爱愁肠百结！……
但我这絮絮叨叨的诗琴
已赞美够了傲慢的女郎；
她们不配享有你热情的歌唱，
也不配得到你火热的爱情：
这些小妖精的情话和媚眼
都会骗人……像她们的小脚一般。

① 意大利诗人塔索（1544—1595）所作《解放了的耶路撒冷》中的一个美丽少女。此处指一般轻浮女子。

三五

我的奥涅金怎样了？他带着睡意
从舞会回来就躺下睡觉：
这时候喧闹的鼓声早已
惊醒了扰攘不休的彼得堡。
商人起来了，小贩在奔忙，
车夫蹒跚走向停车场，
送奶的女孩匆匆把路赶，

她脚下的晨雪沙沙响得欢。
响起了早晨欢快的喧闹声，
百叶窗已打开，淡蓝色的炊烟
从家家的烟囱上飘向云天，
而准时的德国面包商人
戴着纸制的尖顶帽，照常
一次次打开他那个小窗。

三六

这寻欢作乐的纨绔公子
在喧闹的舞会中已筋疲力尽，
他还把早晨当夜半子时，
正睡得既香甜而又深沉。
他直睡到午后方才苏醒，
一天的生活又安排到天明，
虽千篇一律，却五光十色，

而明天和昨天也如出一辙。
自由自在，正值美好的青春，
在情场中取得辉煌战绩，
每天都在欢娱中游戏，
可我的奥涅金是否如意称心？
在酒宴中他还那么狂放？
难道这不损害他的健康？

三七

不，奥涅金早就心灰意冷，
社交界的欢乐使他腻烦；
那些日子里美人儿再不能
让他日夜不断地思念；
屡屡变心让他感到懊丧，
朋友和友谊也让他怅惘，
还因为，当他头痛的时候，
总不能用那些老办法去消愁：
拿出一瓶香槟酒把烤牛排[1]
和斯特拉斯堡馅饼送下，
为排解忧闷说些俏皮话；
他虽是个浪子，常怀愤慨，
却终于不再热衷于打斗，
对子弹和刀剑再无法接受。

① 原文为英语。

三八

他已经患上一种疾病，
这原因早该好好探寻，
简单说，俄国人的忧郁症，
已经渐渐缠上他的身，
他像英国人那样沮丧，
感谢上帝，他总算不想
用枪了结自己的性命：
可是对生活却毫无热情。
他像哈罗德[①]那样慵懒忧郁，
出现在上流社会的客厅；

① 英国诗人拜伦的长诗《恰尔德·哈罗德游记》的主人公。原文为英语。

无论是流言还是打波士顿[1]，
是多情的秋波、做作的叹气，
什么也不能打动他的心，
他对什么都不闻不问。

三九　四〇　四一

. . . .
. . . .
. . . .
. . . .

四二

上流社会乖戾的太太们！
他首先就把你们冷落在一边；
老实说，在我们这个年份，
高谈阔论够叫人厌烦；
虽然有的太太也许能
扯扯沙伊[2]和边沁[3]的理论，
但一般说，她们那些扯淡
虽然无害，却叫人十分难堪；
她们还显得那么玉洁冰清，

① 一种牌戏。
② 沙伊（1767—1832），法国自由主义经济学家。
③ 边沁（1748—1832），英国伦理学家、法学家。

那么雍容华贵，那么聪明颖异，
那么虔诚地信奉上帝，
那么谨小慎微，那么端方庄重，
那么叫男人难以接近，
那模样能叫人害上忧郁症。[7]

四三

还有你们，标致的妙龄女郎，
飞快的马车常载着你们，
急驰在彼得堡的通衢大道上，
在那夜阑人静的时分；
我的叶甫盖尼也离开了你们。
他对疯狂的娱乐不再醉心，
奥涅金闭门关在家里，
一边打呵欠，一边拿起笔，
想搞点写作，可这工作太劳累，
使他难受，烦闷得发疯，
到头来，一个字也没流出笔锋，
他因此没有加入那激情的行会①，
这行业我不想加以评论，
因为我自己也属于那一群。

---

① 指成为作家和诗人。

四四

他又过起无所事事的日子，
为灵魂空虚而苦恼不已，
于是又坐下——怀着雄心壮志，
想用别人的智慧充实自己；
他把书成排摆上书架，
读呀，读呀，可一切全白搭：
那里很无聊，全是欺骗和梦呓，
那里不讲良心，全无意义，
全套上种种精神桎梏，
陈腔滥调，都是老一套，
新的著作也遵循旧的轨道。
他像丢下女人丢下这些书，
连同它们那尘封的一家，
用送殡的黑绸子盖上书架。

四五

摆脱了社交界的清规戒律，
像他一样摈弃了世俗的浮华，
那时候我和他建立了友谊。
从他的仪容我喜欢上了他，
我还喜欢他不由自主的幻想，
他那无法模仿的倔强乖张，
还有敏锐而冷静的头脑。
我愤世嫉俗，他忧郁烦恼，
我们都领略过爱情的把戏，
我们都饱受生活的折磨，
我们的热情都变得冷漠，
在我们这人生的黎明时期，
等待着我们的已是人们
和盲目的福耳图那[①]的仇恨。

四六

谁真正生活过并且思索过，
谁就不能不藐视世人；
谁感受过，逝去日子的
幻影就不能不扰乱他的心：

① 罗马神话中的命运女神。

他已经不再迷恋生活，
回忆咬噬着他犹如毒蛇，
悔恨也日夜折磨着他，
这些题目使我们的谈话
常具有引人入胜的魅力。
奥涅金的话起初令我震撼，
但是我很快就感到习惯，
习惯于他那尖刻的辩析，
习惯了他那半带愤恨的玩笑，
他那刻薄的热讽冷嘲。

四七

就像夏天常碰到的那样，
当那涅瓦河上面的夜空
显得如此清朗而明亮，[8]
欢乐的河水波平如镜，
却未映出狄安娜的容颜，
我们回忆起昔日的浪漫，
回忆起当年萌生的情意，
不觉又感到惆怅和欢愉，
我们默默地陶醉忘情，
沉浸在柔情的夜发出的气息，
犹如一个囚徒在梦里
从牢中被带到葱郁的森林，
我们就这样伴随着幻梦

来到年轻生命的黎明。

四八

满怀怅然若失的心情，
凭靠花岗岩砌成的堤岸，
叶甫盖尼站立着，心事重重，
像诗人自己描写的一般。[9]
四周静悄悄，只听见哨兵
在巡夜时彼此发出的呼应声；
蓦地从百万街那边响起
车轮的辘辘声，是马车在奔驰；
只有一叶扁舟划动着船桨，
在迷离睡去的河上漂动，
远处的号角和粗犷的歌声
足以让我们荡气回肠……
然而夜间最甜蜜的消闲，
还是低吟塔索的诗篇！

四九

亚得里亚海滚滚的波澜，
啊，布伦泰河！我将看见你，
并且重新满怀着灵感，
倾听你那醉人的声息！
阿波罗的子孙视它为神圣，

从阿尔比昂[①]骄傲的诗琴[②]声中，
我认识它，和它如有亲缘，
在意大利金碧辉煌的夜晚，
我愿同那忽而谈笑忽而缄默、
正当妙龄的威尼斯女郎
乘着神秘的贡多拉[③]随波荡漾，
尽情享受安谧的快乐；
和她在一起，我的双唇将渐渐
获得彼特拉克[④]和爱情的语言。

五〇

会来临吗，我获得自由的时日？
来吧，来吧！我在向它吁求，
我在海滨踯躅[10]，等待着天时，
向漂过的海船频频招手。
何时我才能沿着自由的海路，
在风暴的掩护下，同浪涛角逐，
开始我那自由的逃亡？
我该离开这乏味的海疆，
抛弃这与我为敌的海岸，
在南方微微泛起的涟漪中，

---

① 英格兰的古称。
② 指拜伦的诗。
③ 意大利威尼斯水道上的小船。
④ 彼特拉克（1304—1374），意大利诗人，欧洲文艺复兴时期人文主义先驱之一。所作《抒情诗集》抒写他对恋人的爱情。

头顶着我那非洲的天空，[11]
为幽冥晦暗的俄罗斯悲叹，
我在那里爱过，饱经风霜，
在那里我把心儿埋葬。

五一

奥涅金本来要和我同行，
去见识一下异国的景致，
但是命运很快就决定，
我们必须长时间分离。
他的父亲那时恰好病故，
一大群贪得无厌的债主
立即涌到奥涅金面前。
每个人都有谋算和意见。
叶甫盖尼向来痛恨诉讼，
他对命运早已感到满意，
全然不顾有多少损失，
索性把遗产全部奉送，
要不然他就是早有预见，
年老的伯父快一命归天。

五二

他突然得到一个信息——
总管的报告，千真万确，

说是伯父已卧病不起，
临终之前想和他告别。
读了这封悲伤的来函，
叶甫盖尼立即赶去见面，
他乘上驿车，一路飞跑，
可是他早已感到无聊，
准备为了留给他的钱财
去唉声叹气、忧烦和欺骗
(我就以此作小说的开端)；
但当他来到伯父的村寨，
看到伯父已安卧在桌上，①
像献给土地爷的供品一样。

五三

他发现满院子都是仆役丫环，
仇敌和朋友从四面八方
赶来为已故的老头吊唁，
大家都乐于送他去埋葬。
死者终于送去入了土。
神父和宾客都饭饱酒足，
俨然办完了一件大事，
都大模大样分手告辞。
我们的奥涅金成了乡绅，

---

① 俄国风俗，死人停放在桌上。

他拥有不可胜数的财产，
兼有工厂、森林、土地和水面，
他蔑视旧习，一掷千金，
他感到高兴，来到乡间，
旧的轨道终于有了改变。

五四

头两天田野的幽静清新、
蓊郁幽暗树林的荫翳、
潺湲溪流的淙淙歌吟，
让他感到有一点新奇；
第三天，树林、山丘和田地
已不能再引起他的兴趣；
后来一看到这些就打呵欠；
最后他终于清楚地发现，
乡村仍让他感到苦闷，
虽然这里没有公馆和街道，
不打牌，不作诗，连舞也不跳。
忧郁症早就附上他的身，
它像影子或忠实的爱妻，
紧紧地跟住他寸步不离。

五五

我生来是为了宁静的生活，

在安谧的乡村中过得舒畅，
僻静处创作的想象更蓬勃，
我的诗琴也响得更嘹亮。
在辽阔的湖滨我独自溜达，
把身心交给清静的闲暇，
无所事事[①]是我不可改变的规定。
我每天早晨从梦中苏醒，
是为了甜蜜的自由与安逸：
书读得很少，安享着睡梦，
我不追逐浮云般的功名。
在已往的岁月难道我不是
无所事事与自甘寂寞，
把快乐的神仙般日子消磨。

五六

鲜花、爱情、乡村、悠闲的生活、
田野！我迷恋你们是发自心灵。
我总是乐于向读者诉说
奥涅金和我之间的不同，
为了让喜欢嘲笑的读者，
或者某位喜欢凭空传播
希奇古怪谣言的先生
在这里仔细看清我的面容，

① 原文为意大利语。

免得以后仍信口开河，
说我像骄傲的诗人拜伦，
涂抹的总是自己的尊容，
似乎我们已不会写作
长诗来描述别人的故事，
写的只是关于自身的诗。

五七

我要顺便指出：所有的诗人
都是虚幻爱情的朋友。
常有这样的事，在我的梦中
出现一些妙人儿，我的心头
便秘密地藏起她们的倩影；
后来缪斯便复活了她们：
于是我这诗人，便随心所欲，
唱起我的理想——山中的少女
和那萨吉尔河畔的女俘[①]。
我的朋友，现在从你们那里
我常常听见这样的问题：
“你的诗琴是为谁而倾诉？
在一群妒忌的少女中间，
你那诗琴的歌是为谁奉献？

① “山中的少女”和“萨吉尔河畔的女俘”分别指普希金长诗《高加索俘虏》和《巴赫奇萨拉伊泪泉》中的女主人公。

五八

“是谁的秋波激起你的灵感，
用她的柔情蜜意来褒奖
你那深沉眷念的歌咏？
谁是你的诗歌崇拜的对象？”
朋友，没有谁，我说的是实话！
为爱情而发狂，担惊受怕，
我已尝过这痛苦的滋味。
谁要是在热情洋溢的诗韵里
歌唱过爱情，他真是个幸福的人：
因为他写出加倍神圣的呓语，
跟着彼特拉克亦步亦趋，
抚慰了心头的万般忧闷，
同时猎取了诗人的荣誉，
可我恋爱时却沉默而痴迷。

五九

爱情结束了，缪斯已来访，
昏沉的头脑也已清醒。
我轻松愉快，又寻求起思想、
感情同奇妙音响的和声。
我写着，心里不再忧烦，
我的笔沉醉于手下的诗篇，
不复在未经写完的诗句旁

画上女人的小脚和头像。①
熄灭的灰烬已不能复燃，
我仍忧伤；但泪眼已干涩，
我那心灵里风暴的余波
也很快很快就要平缓：
那时，我将写一部长诗，
一部二十五个篇章的故事。

六〇

我已构思好作品的大纲，
想好了主人公叫什么名字；
这部长篇小说的第一章
写到这里已可以停笔；
我把它严格地看了一遍，
很多矛盾在其中显现，
但我却不想将它们修改，
我让它去还审查官的债；
我把这劳动果实双手奉献，
让评论家们去随意评论。
我这刚刚问世的作品，
你就去吧，到涅瓦河两岸，
为我去赢得应有的名声：
不管是曲解、喧嚷或恶评。

① 普希金写作时常在诗稿上画画。

第二章

啊，乡村！……
——贺拉斯①
啊，罗斯！

一

叶甫盖尼过得无聊的乡村，
是一个山明水秀的地方，
醉心于闲情逸致的友人，
在那里定会赞美上苍。
老爷的府邸幽深而清静，
一座大山为它挡住风，
一道清流蜿蜒在宅房，
前方是金色的田野和牧场。
那里开遍鲜花，五彩缤纷，

① 贺拉斯（前 65—前 8），古罗马诗人，主要作品有《颂诗》《讽刺诗》等。

疏落的村子依稀可见，
牧场上牛羊成群出现；
巨大的花园已现萧森，
却也送来了大片阴凉，
是沉静的德律阿德[①]幽居的地方。

二

这可敬的庄院十分华贵，
建造得像所有地主的庄园；

---

① 希腊神话中的山林女神。

具有灵异的古建筑风味，
那么舒适而坚固壮观。
到处有高大宽敞的房间，
客厅里裱着华丽的绸缎，
墙上挂着历代沙皇的肖像，
彩色瓷砖铺在壁炉上。
可眼下这些都已经过时，
我也不知道是什么缘由；
再说，我这位年轻朋友
也不大关心这些杂事，
不管是时髦还是古老的大厅，
都同样不能引起他的雅兴。

三

他就住在伯父的卧房，
老乡绅在那儿度过四十年光阴，
整日价和女管家吵吵嚷嚷，
或望望窗口，捻死个苍蝇。
一切都很普通：橡木地板、

羽绒沙发、两口大橱、一张书案，
哪儿也找不到墨水的痕迹。
奥涅金将两扇橱门开启；
从一口橱里发现开支账簿，
另一口橱里藏着一排甜酒，
一罐罐苹果露等着主人去享受，
还有一本一八〇八年的老历书：
老头儿事情实在太多，
别的书他从来没有摸过。

四

一个人单独生活在领地，
只为了打发多余的时间，
我们的叶甫盖尼首先想起，
要把一种新秩序创建。
在这偏远荒僻的乡村里，
明智的隐士用轻微的地租制
替代了世代徭役的重负，
于是农奴们为好运而欢呼。
他那个精于算计的芳邻
看到这事包藏着可怕的后果，
为此而在家里大为恼火；
另一个则狡黠地冷笑一声；
于是大家都一致公认，
他是个最为危险的怪人。

五

最初大家都来拜访做客，
但是只要他听到大路上
辘辘驶来客人的马车，
仆人们便一如过去那样，
给他牵来顿河种的良骥，
让他从后门溜之大吉，
这种行为让大家深受损伤，
从此都和他断绝了来往。
“我们的邻居是个没教养的人，
他太狂妄，是个共济会员[①]，
喝红酒用玻璃杯实在不雅观，
太太们的玉手他从来不吻，
说话从来不称先生和女士，
只说‘是’与‘不是’。”大家意见一致。

① 共济会是一种秘密宗教组织，号召人们团结友爱，反对教会的保守正统思想。在人们的心目中常把共济会员看成“伏尔泰信徒”。

六

就在这时候另一个地主
也风尘仆仆来到他的乡村，
左邻右舍对这个人物
也进行了同样严格的评论。
他名叫弗拉基米尔·连斯基，
具有十足的格廷根[①]气质，
是个美男子，正当美好青春，
他是康德[②]的信徒和诗人。
他来自雾气迷蒙的德意志，
他博览群书，见多识广：
常怀着热爱自由的幻想，
天性热烈，又古怪离奇，

① 指德国格廷根大学，许多俄国贵族青年在这里读过书。这些人在政治上大都是自由主义者。

② 康德（1724—1804），德国哲学家，德国古典唯心主义哲学的创始人。

他的言辞总是慷慨激昂，
黑色的鬈发直落到肩上。

七

这世上无情的骄奢淫逸
还没有使他神志麻木，
朋友的问候和少女的情意，
让他心中感到温暖鼓舞；
他内心还那么纯洁可爱，
美好的希望愉悦着他的胸怀，
世上层出不穷的浮华景象，
仍然让年轻人无限神往。
他放任自己甜蜜的幻梦，
让它去排解心中的疑虑，
对于他，我们生活的目的
却是个谜，它是那么引人入胜，
他在这上头绞尽了脑汁，
料想有朝一日会出现奇迹。

八

他相信有一颗可亲的芳心
会出现，跟他喜结良缘，
他郁郁寡欢，忧思如焚，
每天都在等着它的出现；

他相信他的朋友都甘愿
为他的名誉被套上锁链，
要将诽谤者的脑袋击碎，
他们的手也绝不会战栗；
他相信，有一些社会栋梁，
他们是人类神圣的朋友，
他们的家族将永垂不朽，
会放射出不可抗拒的光芒，
有朝一日将把我们照亮，
把幸福美满带到世界上。

九

愤懑、悔恨、追求善的狂热，
以及为获得美好的名声
而尝到的种种甜蜜的苦涩，
早已让他心中热血沸腾。
他带着诗琴走遍天涯，
在诗人席勒和歌德的天空下，
他们那烈火一般的诗情
在他心中炽烈地升腾；
我们的幸运儿，他没有辱没
至高无上的缪斯的艺术：
那些崇高美好的情愫
总在他的诗歌当中闪烁，
它保持着纯洁梦想的情致

和不可亵渎的质朴的魅力。

一〇

他歌唱爱情，堕入了情网，
他唱出的歌声是那么清越，
犹如天真少女的遐想，
犹如婴儿的清梦，犹如明月
遨游在寂静广袤的太空，
犹如女神柔情的秘密和伤痛；
他歌唱生离死别和悲伤，
歌唱虚无缥缈①和迷茫的远方②，
他歌唱罗曼蒂克的玫瑰；
他歌唱那些遥远的异国，
在那儿他享受宁静的栖身之所，

---

① 十二月党诗人丘赫尔别凯讽刺当时的哀歌，说它们写的都是些“虚无缥缈的东西”。
② 这是当时浪漫主义诗人常常歌唱的主题。

曾久久地淌过真诚的泪水；
他在方近十八岁的年龄
竟然唱起生命的凋零。

一一

这荒僻的地方，只有叶甫盖尼
一个人能赏识他的才智，
邻村老爷们邀约的酒席
他嗤之以鼻，全无兴致；
他逃避他们嘈杂的聊天，
他们那些精明的闲谈，
谈论的都是甜酒和割草期，
要不然就是猎犬和亲戚，
丝毫没有感情的流露，
也不闪现诗情的火花，
既不俏皮，也毫不明达，
更缺少立身处世的艺术，
而他们那些可爱的娇妻，
说起话来更是愚蠢无比。

一二

连斯基富有而且英俊，
人人都把他看作乘龙快婿，
这就是乡下地方的风情，

大家都暗暗把自己的闺女
许给这半是俄国人的芳邻；
他一上场，人们的谈论
自然而然就换了话题，
都说起单身生活的孤寂；
大家把这芳邻当贵宾，
杜尼亚立即殷勤倒茶，
有人对她说：“杜尼亚，就是他！”
接着拿来一把六弦琴，
于是她尖叫了起来（我的天！）：
“请来我这辉煌的宫殿！……”[12]

一三

但是连斯基自然不甘心
让婚姻大事来束缚自己，
他衷心希望和这位奥涅金
结成更加亲密的友谊。
他们结识了，可波浪和巉岩、
诗歌和散文、冰雪和火焰，
也未有他们偌大的差异，
起初由于各有各的脾气，
在一起他们就感到郁闷，
后来又相处得很有兴味，
接着就每天骑马来相会，
很快他们就好得难解难分。

人们就是这样（我首先承认）
由于无聊而成了友人。

一四

但我们之间还没有这种交情：
根除了一切先入之见，
我们把所有的人都看成零，
只有自己才重要非凡。
我们都一心要学拿破仑，
把千千万万两脚的生灵
都仅仅看成一般的工具，
感情对我们可笑又离奇。
叶甫盖尼更具宽广的胸怀，
虽然他确能看透世人，
一般说也很鄙视他们——
但（一切规律都有例外）
他对某些人却另眼相看，
也能够尊重他们的情感。

一五

他含笑听着连斯基的闲谈，
诗人言论的慷慨激昂、
评论世事时的缺乏定见
和永远热情洋溢的目光——

这一切奥涅金都感到新鲜。
他竭力控制自己的情感，
冷言冷语到嘴边又强忍，
心想破坏他一时的欢欣，
这样做也许近乎愚昧；
不用我说，到时他会明白，
且让他过得轻松愉快，
让他相信世上的完美；
我们得体谅青春的狂热病、
青春的热情和青春的痴梦。

一六

他们的争论常很热烈，
许多问题引起他们的思索：
从前人们订立的契约、
科学研究的成果、善与恶、
自古以来的种种偏激、

死亡的种种命定的秘密，
接着还有人生和命运，
这些问题他们都加以讨论。
诗人谈论得兴奋不已，
这时候他竟然情迷意乱，
念起北国诗章中的片断，
而宽以待人的叶甫盖尼，
虽然不太懂得这些诗，
对他却也听得十分留意。

一七

但是那两位隐士的头脑中
盘旋得更多的是爱情问题，
摆脱了这激荡人心的激情，
奥涅金一提起这些伤心事，
总不由得发出惆怅的感叹，
谁要是体验过这种波澜
却能丢下它，他就有福气，
更幸福的是未曾为它入迷，
用分手来摆脱热烈的情网，
用恶言咒骂来平息仇怨，
和朋友与妻子一起打呵欠，
不为忌妒的痛苦而断肠，
也不把祖先可靠的财帛
押上变化无常的牌桌。

一八

当我们求助于理性的平静，
投奔到它那冷漠的大旗下，
当激情的火焰已成为灰烬，
随意纵情或激情迸发，
那爱情迟迟未平的余波
（它可没那么容易平和）
都能使我们忍俊不禁，
有时我们也还喜欢听听
别人如何激动地表白爱情，
它同样能触动我们的心曲，
如同那居住在茅草屋里
被世人遗忘的残疾老兵，
他还是那么乐于听取
小胡子的青年说自己的故事。

一九

可是烈火般的青春少年
无法隐藏住任何秘密，
无论是情仇还是悲欢，
他都想尽情倾诉到底。
奥涅金自以为是情场伤兵，
总一本正经地仔细倾听，
诗人喜爱作内心独白，
总把心扉向朋友打开；
他天真烂漫地敞开自己
一颗容易轻信的心灵。
叶甫盖尼毫不费力就详尽
了解到他那青春期的情史，
这类情意绵绵的故事
对我们早就了无新意。

二〇

啊，他爱着，我们这种年纪的人
早已不再谈什么爱情；
只有诗人那狂热的灵魂
才注定还为爱而魂牵梦萦：
随时随地，只有一种梦想，
一种固定不变的欲望，
一种萦回不去的失意，

无论是使人冷静的异地，
无论是漫长岁月的分别，
无论是献给缪斯的光阴，
无论是异国旖旎的美景，
无论是欢乐的喧闹，是科学，
都不能改变这位诗人
被纯真的情焰烧热的心。

二一

刚长大，他就为奥丽加着迷，
还没有尝过爱情的苦痛，
他瞧着她那孩提的游戏，
心里激荡着一股柔情；
在郁郁葱葱的橡树林荫里，
他分享着她那嬉戏的乐趣，
他们的父亲，两位芳邻
早就为他们定下这门亲。
在僻静的山村，处身大自然，
她成长得天真而又俏丽，
在慈爱爹娘俩的心眼里，
她出落得有如待放的铃兰，
它深藏在浓密芊绵的芳草间，
连蝴蝶和蜜蜂也不曾发现。

二二

她给予诗人的是青春少年
欣喜欲狂的第一次美梦，
他的芦笛因对她的思念
发出了第一次幽思的乐声。
别了，黄金年华的嬉戏！
他爱上茂密树林的荫翳，
爱上独处和悠然的寂静，
还有夜晚、月亮和星星，
那月儿是天上清亮的明灯，
我们曾经在幽暗的薄暮
沐浴你的光华悠闲地散步，
献上泪水和隐痛的欢欣……
然而我们只看见，如今
人们拿它代替昏黄的路灯。

二三

她是那么温顺，那么和悦，
总是像早晨一样快乐，
像诗人的生活那样纯洁，
像情爱的亲吻摄人魂魄，
眼睛像晴空一样碧蓝，
亚麻色鬈发，甜蜜的笑脸，
优雅的举止，银铃般声音，

轻盈的体态，都属奥丽加的风韵……
但是你拿起任何一本小说，
都能准确找到她的肖像，
它非常可亲，我曾为它发狂，
可眼下已经非常冷漠。
我的读者，请你们多多谅解，
让我来谈谈她那位胞姐。

二四

她的姐姐名叫达吉雅娜……[13]
我们这是破题儿第一次
为一部爱情小说的构架

任意取上这样的名字。
这又怎么啦？它响亮而美好，
但提起这名字，我也知道，
人们会想起使女和古人！
我们大家都应该承认：
在我们这儿，即使取名字
也很缺少优雅的品味
（更别说当今诗歌的乏味），
我们没受到什么教育，
我们都只会矫揉造作，
别的就没有学会什么。

二五

那么她就叫达吉雅娜，
她没有妹妹那么美丽，
她的脸蛋也不绯红娇姹，
一切都不能引人注意。
她腼腆、忧郁、沉默寡言，
胆怯得像林中的小鹿一般，
虽然她住在自己家里，
却好像别人家中的闺女。
她不会对父亲体贴亲热，
也不会跟母亲撒娇亲昵，
在她孩提时也不愿意
和孩子们一起蹦跳欢乐，

却经常整日里单独一个人
默默地望着窗外出神。

二六

就在摇篮时代的最初几天，
沉思已成了她忠实的伴侣，
就是它用种种幻想装点
她乡下百无聊赖的日子。
她那娇嫩的手指未摸过针线，
就是俯身在绣架上面，
也不能用丝线绣成的花纹
让麻布变得色彩缤纷。
那是喜爱支配别人的征兆，
孩子常对着听话的布娃娃，
跟它在一起玩笑说话，
学习上流社会的规矩和礼貌，

而且一本正经地对着它
重复母亲教导过的话。

二七

但是甚至在那些年份，
达吉雅娜也不把它抱在怀里，
既不和它谈城里的新闻，
也不和它议论时髦的服饰，
儿时的顽皮和她没缘分，
冬天里漆黑的夜晚时分，
各种各样可怕的故事
却更加让她的心儿着迷。
当妈妈为让奥丽加欢喜，
把她那些要好的小姑娘
邀到辽阔宽广的牧场，
她也不和她们玩捉人的游戏，
那轰然的笑声，轻佻的游玩
和喧闹，她都感到厌烦。

二八

她喜欢独自来到阳台上，
迎接淡淡朝霞的出现，
这时天边已初露曙光，
群星的环舞已经跳完，

地平线上已悄悄发白，
早晨的使者，微风轻轻吹来，
于是白昼姗姗来到人间，
冬天里当那黑夜的昏暗
还久久笼罩着半个世界，
慵懒的东方还久久地沉睡，
在那闲散安逸的宁静里，
朦胧的月光还映照着原野，
她已经在习惯的时刻睡醒，
在昏暗的烛光底下起身。

二九

她很早就喜欢阅读小说，
有了书她就把一切都遗忘，
她特别喜爱理查逊[①]和卢梭，
醉心于他们设计的幻想。
她父亲具有善良的心地，
虽然出生在过时的上世纪，
却不认为书中有什么祸患；
他从来没有沾过书边，
认为书籍都是无用的玩意儿，
因此从来都不去关注

① 理查逊（1689—1761），英国小说家，感伤主义早期代表。主要长篇小说《帕美拉》《克莱丽莎·哈娄》《葛兰狄生》反映十八世纪英国贵族、资产阶级的生活，批判贵族的腐化堕落，宣扬资产阶级清教徒式的道德。

女儿有什么秘密的图书
放在枕下通宵伴她安睡。
他的妻子和女儿一个模样，
理查逊的小说她爱得发狂。

三〇

太太为什么喜爱理查逊，
并不是因为她真正读过，
也不是因为喜欢葛兰狄生①，
却对洛夫莱斯②有所鄙薄，[14]
而是因为阿丽娜公爵小姐，
她那住在莫斯科的表姐，
常对她说起他们两个人。
她丈夫当时刚和她订婚，
不过她不满意这门亲事，
却对另一个男士更钟情，
不管是智能还是心灵，
她对他都更加称心欢喜。
这个葛兰狄生是个花花公子，
一个赌徒和近卫军中士。

---

① 理查逊同名小说的主人公，一个讲道理的人物。
② 理查逊小说《克莱丽莎·哈娄》的主人公，一个风流贵族。

三一

就像他一样，她的装扮
总是入时而端庄雅致，
但是没有征求她的意见，
家里就给姑娘办了喜事。
为了减轻她心中的痛苦，
明达的丈夫立即带着新妇
回到乡下，可是在那里
天知道周围都是些什么亲戚；
起初她拼命哭闹折腾，
差点儿没和丈夫反目，
后来她忙于操持家务，
也就习惯并如意称心。
上天让我们习惯于各种事物，

就是用它来代替幸福。[15]

三二

那无法予以驱除的忧烦，
习惯却能够把它排解；
很快一个重大的发现
让她得到莫大的慰藉：
她时而忙碌，时而闲适，
由此却发现一个秘密，
就是如何专断地驾驭丈夫，
这一来一切便能应付自如。
她乘车出去办理事务，
腌蘑菇是冬天里的营生，
还结算账务，送农奴去当兵，
礼拜六洗澡也从不耽误。
有时发脾气就打打使女，
这种事无须丈夫同意。

三三

在多情姑娘的纪念册上写下
各种题词，她曾用过鲜血，
她把普拉斯科菲娅叫做波林娜①，

① 普拉斯科菲娅是粗俗的名字，波林娜是文雅的名字。

说起话来声调优雅怡悦，
她穿的胸衣紧束着腰身，
读俄语的 H 用的是鼻音，
声音跟读法语的 N 相似。
可不久这一切就无形中停止，
胸衣、纪念册、公爵小姐阿丽娜、
写着感伤小诗的笔记本，
都不再让她喜好关心，
她又把塞林娜叫做阿库利加①，
最后她终于再穿上棉袍，
并且戴上一顶束发帽。

三四

但丈夫爱她是实实在在，
从来不去干预她的意愿，
一切全都放心地信赖，
自己则穿着晨衣喝茶进餐；
他的生活过得平平静静，
傍晚时分有时来了客人，
善良的芳邻全家来聚首，
这都是些不讲客气的朋友，
他们或感慨，或褒贬邻里，
随便什么都成为笑谈。

---

① 塞林娜是文雅的名字，阿库利加是粗俗的名字。

时间不知不觉地流转，
免不了叫奥丽加沏茶烧水；
用过晚餐，该回房安睡，
于是客人们乘马车告退。

三五

在安逸的生活中他们还保持
人们感到亲切的古代遗风；
在丰盛的谢肉节①他们按规矩
做着俄罗斯式的美味薄饼；
他们一年里要斋戒两次，
喜欢骑旋转木马奔驰，
唱圣诞占卜歌，跳环舞开心；
到了降灵节②那一天，当人们
听着神父的祷告打着呵欠，
他们都令人感动地对一束野草
洒下几滴眼泪表示哀悼。③
他们需要克瓦斯像空气一般。
还按照客人的官阶等级
往餐桌上一一送去美食。

---

① 谢肉节，大斋前三天，过节时饮宴跳舞，过后就要斋戒。大斋期在复活节（春分月圆后第一个星期日）前四十天。
② 降灵节，复活节后的第七个星期日。
③ 俄国民俗，在降灵节时用花草去祭扫先人的坟墓。

三六

就这样他们活到了人生的黄昏。
最后死神来到了丈夫面前，
为他开启了坟墓的大门，
于是他戴上了另一个花冠。
他在午饭前一小时死去，
前来吊唁的有他的邻居，
孩子和忠实的妻子都很悲痛，
妻子比别人更痛不欲生。
他是个朴实和善良的乡绅，
在他的遗骨安葬的地方，
这样的铭文镌刻在墓碑上：
“谦卑的罪人，德米特里·拉林，
上帝的奴仆，已故的旅长
在这碑下将永恒的宁静安享。”

三七

弗拉基米尔·连斯基回返
自己的家园，立即就去
凭吊邻居简朴的墓园，
他对死者连连地叹息；
心里的悲痛久久不能平缓，

“可怜的尤里克！①”[16]他悲伤地感叹，
“他曾经把我抱在怀中，
回想那儿时我经常玩弄
他胸前的奥恰科夫奖章！
他曾把奥丽加许配给我，
还说：我能不能等到那时刻？……”
弗拉基米尔怀着满腔
真诚的悲哀，为表示悼念，
他立即为他写下短诗一篇。

三八

就在这地方，他又为双亲
写下沉痛的悼词，含着泪
向一家之长的遗骨致敬……
唉！在这块人生的田地
人们有如生命短促的庄稼，
在上天神秘意志的确定下，
一代代地萌发、成熟、殒命，
后人也在步他们的后尘……
我们这轻狂的一代也同样
生长、激动，在生活中闹腾，
最后将祖先挤进坟茔，
我们的时刻也将敲响，

① 原文为英语。

总有一天我们的后代
也会把我们挤出世外。

三九

这轻松愉快的生活，朋友们，
你们现在就尽情地享受吧！
我可是看透了它如过眼烟云，
并不留恋它的快乐浮华；
我闭眼不看种种幻象，
但对于遥远未来的希望，
有时却激动着我的心曲：
没留下一点平淡的痕迹，
离开这世界我会深感悲伤，
我生活和写作不是为了赞誉；
但是我仿佛存着希冀，
把自己悲哀的命运宣扬，
即使一句话，也会像忠实的朋友，
成为想起我这诗人的缘由。

四〇

它或许会拨动某人的心弦，
也许我所写就的诗歌
将会得到命运的顾眷，

而不致在厉司河[1]里沉没；

也许（这真是我的奢望！）

将来会有那么一个愚氓

会指着我那著名的肖像说，

这是个诗人，不错，不错！

请接受我这衷心的谢忱，

善良的阿奥尼德[2]的崇拜者，

啊，是你深深地铭记着

我那即兴写出的作品，

是你那温厚的手如此亲热，

把老人头上的桂冠抚摩！

① 希腊神话中的忘川，亡魂饮了这条河的水就会忘记生前的一切。

② 即缪斯。

第三章

她是个少女，她堕入了情网。

——玛尔菲莱特尔①

一

“哪里去？瞧我这些诗人！”
“再见吧，奥涅金，这会儿我该走了。”
“我不会留住你的，可这些黄昏
你是在什么地方度过？”
“在拉林家里。”“这可是怪事。
饶了我吧！你每天在那里
消磨整个晚上，难道不难过？”
“一点也不。”“真是天晓得。
我能想象那里是怎么回事：
首先（我说得对不对，你听听？）

① 原文为法语。玛尔菲莱特尔（1733—1767），法国诗人。

这是个普通的俄罗斯家庭，
对客人可是真心诚意，
端上果酱，总谈那些事情，
无非是下雨、亚麻和畜棚。”

二

“我一点也不觉得受罪。”
“无聊，这就是受罪，我的朋友。”
“我讨厌您那时髦的上流社会，
在家里我感到更亲切优柔，
在家里我可以……”“又是牧歌！
够了，看在上帝面上，亲爱的。
怎么样？你要走啦？真可惜，
喂，我说，你能不能，连斯基，
让我一睹菲丽达[①]的风度，
你的写作、泪水和思想，
还有诗的灵感等等[②]的对象？
让我见见她。”“你在开玩笑。”“不。”
“我很高兴。”“什么时候？”“就是现在
他们也乐意把我们接待。”

---

① 古代牧歌里常用的女主人公的名字，此处指奥丽加。
② 原文为拉丁语。

三

“那么走吧。”

　　　　　　朋友们一路奔驰，

到了，他们受到殷勤招待，

有时按古代好客的风习，

对他们招待得繁琐而勤快。

待客之道大家心里都亮堂：

用小碟子送来甜美的果酱，

在打过蜡的小台子上面，

恭敬地摆上越橘水一罐。

. . . .

. . . .

. . . .

. . . .

. . . .

. . . .

四

他们顺着最近的路径，
以最快速度向家里飞驰。[17]
现在让我们偷偷听一听
两位主人公在谈些什么事：
"怎么啦，奥涅金？老是打呵欠。"
"是习惯，连斯基。""但是比以前
好像更烦闷。""不，一个样。
但是夜幕已降临田野上；
快点，安德留什卡，快，快！
多么单调乏味的地方！
随便说说，拉林娜看来很平常，
却是一位很亲切的老太太；
我真担心：那杯越橘水
会不会让我的身体受罪。

五

"告诉我，哪一个是达吉雅娜？"
"就是她，那个忧郁的姑娘，
她默默无言，像斯薇特兰娜①，
一进来就坐下，紧靠着门窗。"
"难道你真的爱上她妹妹？"

① 俄国诗人茹科夫斯基同名故事诗中的女主人公。

“怎么样？”“我宁可挑选另一位，
如果我是个诗人，就像你。
奥丽加脸上缺少生气，
就像凡·戴克①笔下的圣母：
生就个圆圆的红红的脸庞，
恰如这个无味的月亮，
飘浮在这无味的天幕。”
弗拉基米尔冷冷回答了一声，
随后他一路上都一声不吭。

六

这一次奥涅金到拉林家拜访，
给他们家附近的各位芳邻
留下了十分深刻的印象，
还让他们大大乐了一阵。
一个猜测接一个猜测，
大家悄悄议论和解说，
开玩笑，作出罪过的判断：
达吉雅娜许给了那求婚青年；
有的人甚至还肯定地宣告，
婚礼的一切已安排齐备，
暂时不举行，这是因为
时髦的戒指还没有取到。

① 凡·戴克（1599—1641），佛兰德斯画家，作品以肖像画为主。

至于说到连斯基的婚礼，
他们早已选定良辰吉日。

七

达吉雅娜脸上带着愠色，
听着这种种流言蜚语；
心里却不由得将这事琢磨，
暗自感到一种难言的欣喜；
心事在她心中萦回生根，
时候到了，她心中萌发了爱情。
犹如一颗落地的麦种，
在春日和煦的阳光下萌动。
她心中早就浮想联翩，
燃烧着万般情思与柔情，
正渴望畅饮宿命的甘霖；
她久久忍受着爱恋的熬煎，
这情思折磨着她年轻的芳心，
心中正在等待着……一个人，

八

她终于等到了……早晨睁开眼，
她就说：是他，就是这个人！
唉！现在无论是黑夜，是白天，
她那热烈而孤寂的梦魂

全都离不开这个男子，
全都在默默施展它的魔力，
向这可爱的少女叙说他。
人们亲切关爱的好话、
使女热情关切的眼神，
都使她厌烦。她愁眉不展，
无心听取客人的言谈，
她咒骂他们闲得可恨，
咒骂他们突然间来到，
坐下来就谈得没完没了。

九

现在她是多么倾心于阅读
那充满甜蜜情意的小说，
她如痴如醉、全神贯注，
沉湎于诱人的虚幻欢乐！
那些在幻想的幸福力量
激发下创造出来的形象，
朱丽·伏尔玛小姐的冤家，
马列克·阿代尔和德·利纳[18]，
那激情冲动的苦恼人维特①，
还有那无与伦比的葛兰狄生

① 德国诗人歌德（1749—1832）的小说《少年维特之烦恼》的主人公。

(这人物的故事能叫人打盹)，
在痴情幻想家的脑子里都融合
成为一个唯一的才俊，
通通变成奥涅金一个人。

一〇

她浮想联翩，觉得自己
就是心爱作家笔下的女主人公：
克莱丽莎、朱丽、黛菲妮①，
达吉雅娜在幽静的树林中
独自徘徊，带上一本危险的书，
她在书中寻觅并且找出
自己隐秘的热情、自己的希冀
和心中情思汹涌时的果实，
她长吁短叹，把别人的兴奋、
别人的哀愁，亲自一一体验，
她如痴如醉地低声默念
给心中亲爱主人公的书信……
但我们的主人公，不管是何人
已绝对不是那位葛兰狄生。

---

① 法国女作家史达尔夫人同名小说中的女主人公。

一一

热情洋溢的作家必然
让他的文体赋有庄重的格调，
他的主人公往往是个典范，
塑造得尽善尽美，十分完好。
他描绘的人物都很可爱，
却总是受到不公正的迫害，
他多愁善感，颖悟聪明，
而相貌也长得迷人英俊，
那热情兴奋的主人公通常
怀着极其纯洁热烈的爱情，
随时准备为情人而牺牲，
在小说最后一部的结尾上，
罪恶总是受到应有的惩罚，
善良也会得到应有的报答。

一二

如今各种思潮都莫测高深，
道德总让我们昏昏欲睡，
小说中的罪恶也可爱动人，
在那里胜利总和它相随。
不列颠缪斯的荒诞诗篇
惊扰着少女的宁静睡眠，
或者是阴森的吸血僵尸，
或者是阴沉的流浪汉缪莫斯，
或者是那犹太人漂泊一世[1]，
或者是神秘的斯波加尔和海盗[2]， 19
现在都成了偶像让她拜倒。
拜伦勋爵也曾用神来之笔，
以忧郁的浪漫主义形式
表现不可救药的个人主义。

一三

我的朋友，谈这些有什么意思？
也许，按照上天的意愿，
我作为诗人已不适宜，
另一个魔鬼已潜入我的心间，

① 犹太人，中世纪传说中的人物，注定要永远流浪。
② 海盗，指拜伦诗作《海盗》中的人物。

全然无视福玻斯[1]的威吓，
我降低身份来写朴素的小说，
那时按老调写一部长篇，
用它来度过我愉快的暮年。
我不想用阴森可怕的笔墨
来描绘恶行造成的痛苦，
我只向你们娓娓地叙述
一个俄罗斯家庭的传说、
情意缱绻的迷人幻梦，
以及我们旧时的遗风。

一四

我这就来给你们讲一讲
父亲或老伯父纯朴的话语，
孩子们在老菩提树下小溪旁
预先约定的甜蜜会聚、
那不幸的妒忌产生的伤悲、
分手和言归于好的泪水、
我再次引起的争吵，以及
如何把他们送去举行婚礼……
我将想起那热烈温柔的情话、
那缠绵悱恻的爱恋的言语，
在已往那些钟情的日子里，

① 希腊神话中的太阳神。一说是阿波罗，一说是赫里俄斯。

当我跪落在娇艳情人的脚下，
这些话也曾来到我嘴边，
而现在我已不习惯用这种语言。

一五

达吉雅娜，可爱的达吉雅娜！
现在我正陪着你淌下泪水，
你已经把自己的命运交给他，
交到那时髦的暴君手里。
你会毁灭的，亲爱的，但首先
你会把那迷雾般的幸福召唤，
为此怀着光辉灿烂的希望，
你会尝到生活的温馨欢畅；
你正饮下愿望的醉人毒酒，
幻想正紧紧抓着你不放，
不管走到哪里，你都在想象，
那就是你幸福约会的绿洲；
那命中注定的诱惑者会出现，
不管到哪里，都在你面前。

一六

达吉雅娜在相思中心力交瘁，
她走进花园，在那里发愁，
那呆滞的目光突然低垂，

她真是懒得再往前行走。
胸脯不停地起伏，玉颜
顿时燃起嫣红的火焰，
呼吸仿佛在嘴边凝住，
耳朵嗡嗡响，眼前金星舞……
夜幕降临了，月亮像巡逻兵
在远方的天穹缓缓地巡弋，
夜莺也在幽暗的树林里
唱出嘹亮婉转的歌声。
达吉雅娜在黑暗中不能入眠，
于是轻声跟奶妈聊天：

一七

“睡不着，妈妈，这里多气闷！
你去开开窗吧，再坐到我身边。”
“你怎么啦，达尼亚[①]？”“我心里闷得很，
我们来把从前的事儿谈谈。”
“谈点什么呢？从前我记性好，
脑子里可是记得不少
古代的事儿和有趣的神话，
说的都是姑娘和凶神恶煞；
可现在都记不清啦，达尼亚：
凡是我知道的都忘得干干净净，

① 达尼亚是达吉雅娜的爱称。

是啊，年岁可真是不饶人！
记性不行啊……”“跟我说说吧，妈妈，
说说你们过去的事情，
从前你是不是爱过什么人？”

一八

“别提啦，达尼亚，在那个年头，
我们没听说过谈情说爱，
要不然我那个死去的婆婆
准会把我打得死去活来。”
“那你是怎么成亲的，妈妈？”
“看来是上帝的旨意，我的凡尼亚
比我还小，我的小宝贝，
那时我才刚刚长到十三岁。
媒婆来回跑了两个礼拜，
对我爹爹娘亲一再催促，
爹爹终于为我祝了福。
我心里害怕，哭得好厉害，
解开辫子时，我哭得好悲伤，①
人们唱着歌把我带进了教堂。”

一九

“就这样，我被带到别人家里……

---

① 俄国风俗，姑娘出嫁，把辫子解开，打成两根，盘在头上。

可你并没有听着我说呀……”
“噢，妈妈，妈妈，我苦恼至极，
心里真难过，亲爱的妈妈：
我想哭，真想放声大哭！……”
“我的孩子，你身体不舒服，
上帝发发慈悲，保佑你安宁！
你有什么事，赶快说分明……
让我来给你洒一点圣水，
你在发烧呢……”“我没有病：
我……跟你说，妈妈……爱上一个人。”
“我的孩子，愿上帝保佑你！”
于是奶妈嘴里念着祷词，
用枯瘦的手给姑娘画个十字。

二〇

“我爱上一个人。”她很痛苦，
对老婆婆喃喃地说了一声。
“我的好宝贝，你不舒服。”
“你别打扰我，我爱上了一个人。”
这时候天空中月光烁烁，
那清明柔和的溶溶月色
照亮着达吉雅娜苍白的双颊
和她那披散在肩的长发，
照亮着她的泪珠和老婆婆，
她在年轻女主人公跟前坐定，

白发苍苍的头上包着头巾，
长长的坎肩保持着身上的暖和；
世界沐浴在动人的月色里，
万物在沉寂中昏昏睡去。

二一

达吉雅娜的心儿往远处飞去，
她出神地凝望着天上的月亮……
突然她想到了一个主意……
“你走吧，我独自呆上一晌。
妈妈，把桌子挪到我这里，
给我拿来纸张和鹅毛笔，
我就睡，晚安。”留下她一个人，
周围静悄悄。月光照在她的身。
达吉雅娜支着身子，不停地写，
心中萦回着叶甫盖尼的身影，
这封不假思索写成的信，
将天真少女的爱情尽情流泻。
信很快写完了，折叠完毕……
达吉雅娜！这是写给哪一位？

二二

我认识许多高不可攀的美女，
她们像冬天般冰清玉洁，

都是心如铁石，守身如玉，
人们的智力都难以理解；
我惊奇于她们那时髦的骄矜
和她们天生的崇高德行，
而且我承认，我躲避着她们，
我觉得，我心里总战战兢兢，
读着她们额头上的地狱题词：
“永远放弃你们的希望吧。”[20]
被人爱慕对她们是灾难啊，
吓跑人们她们就欣喜，
也许在那涅瓦河之滨，
您也见过这一类女人。

二三

在一群顺从的拜倒者中间，
我又发现另一些古怪的女人，
她们对热情的叹息和称赞
虽那么得意却全不动心。
可是我吃惊地发现了什么？
她们会用冷峻的声色
吓跑那种怯生生的爱恋，
又善于重新把这爱火点燃，
至少她会向你表示歉意，
至少她对你说话的声音
有时会使你感到较可亲，

于是那年轻的情人便再次
心醉神迷地怀着轻信
去追逐那迷人的浮幻爱情。

二四

为什么达吉雅娜更该受责难？
是因为她赋有可爱的纯朴天性，
她不知道天真会让人受骗，
却相信自己追求的幻梦？
是因为她从不玩弄爱情，
只听从感情的肆意引动，
是因为她对人如此轻信，
是因为上天赋予她一种天分，
让她骚动的心善于想象，
赋予她智慧和坚毅的个性，
还有那火热和多情的心灵，
以及与众不同的思想？
难道你们真的不能宽容
她那轻率决定的爱情？

二五

风流娘儿会冷静权衡得失，
达吉雅娜却爱得实在，
她投入爱情全心全意，

犹如一个可爱的小孩。
她不会说：这事容以后再提，
以此提高爱情的价值，
把他结结实实擒入情网；
起初故意给他一点希望，
让他去洋洋得意，然后
若即若离让他痛哭流涕，
再用妒火燃起他的情思，
不然，享福后他会喜新厌旧，
这狡猾的俘虏就会时刻
想挣脱套在他身上的枷锁。

二六

一件难事摆在我面前，
为了维护祖国的荣誉，
毫无疑问，我理所当然
必须把达吉雅娜的信翻译。
她的俄语程度确实不好，
从来不读我们的书报，
要用我们祖国的语言
表达思想还是很困难，
因此她写信用的是法语……
有什么办法！我再说一遍：
到如今女人心中的爱恋
还是很难用俄语传递，

到如今我们骄傲的语言
还是不习惯用于写书简。

二七

我知道，有人想强使女士们
读俄语书报，真的，这太可怕！
难道我们能够想象她们
手拿《良友》[21]，认真地读它！
我要问问你们，我的诗人们，
这是不是真的：那些可爱的女人——
你们出于自己罪恶的情思，
曾给她们秘密写过诗，
悄悄向她们倾诉衷情——
她们对俄罗斯语言的运用，
说实话，几乎是一窍不通，
常曲解语意，令人忍俊不禁，
在她们的嘴里，说外国语言
难道不比说本国话自然？

二八

但愿上帝不让我在舞会中
或者在门廊那里于分别时
遇见那披着黄披肩的女学生
或者戴着帽子的女院士！

没有语法错误的俄文
犹如没有笑意的朱唇，
我一点也不感到兴趣，
也许我将遇到这种倒霉事；
新生的一代美丽少女
会听从报纸杂志的呼声，
教我们学会文理通顺，
还要在实用中学会写诗，
但是我……这跟我有什么关系？
我将忠于古代的文理。

二九

那文理不通的随意絮谈，
谈话中不很准确的发音，
仍然让我心中忐忑不安，
如今还在我胸中回萦；
犹如昔日年轻时的罪愆，
犹如波格丹诺维奇①的诗篇，
法语的声调永远叫人神往，
让我悔悟，我可没有力量。
然而够了。我该来翻译
我的美人儿的那封书信，
有什么办法？我已经应承，

① 波格丹诺维奇（1743—1803），俄国诗人。

这会儿真想推掉这件事。
我知道，多情的帕尔尼[①]的诗风
在我们的时代已不很流行。

三〇

歌唱盛筵和哀愁的歌手，[22]
要是你还和我在一起，
我就要提出个大胆的要求，
我的亲爱的，拿它打扰你：
我要请你把一个钟情的少女
用异国语言所写的文字
演绎成令人沉醉的歌咏。
你在哪里？来吧，我恭恭敬敬
把自己的权利奉献给你……
但在那凄凉的岩石之间，
他的心已不习惯于颂赞，
他独自一个在芬兰的大地
徘徊流浪，而他的心灵
已听不见我痛苦的呼声。

三一

达吉雅娜的信摆在我面前，

---

① 帕尔尼（1753—1814），法国诗人。

我保存着它，看得十分神圣，
读着它，我暗暗怀着伤感，
读过多遍心中犹不能平静。
是谁教给她如此情意绵绵，
信手写来字字真挚大胆？
是谁教给她惹人怜爱的梦呓，
吐露的衷曲全然失去理智，
如此扣人心弦，却很犯忌，
我不明白。看吧，这是我的译文，
它像一幅生动图画的拙劣摹本，
既不传神，而且不完美，
或者是羞怯女学生的手指
弹奏的《魔弹射手》[①]的乐曲。

达吉雅娜给奥涅金的信

我在给您写信——还能怎样表示？
我还有些什么好说的？
现在，我知道，您可以随意
对我轻蔑，拿它来惩罚我。
但是您对我不幸的境遇
哪怕还存一点怜悯之心，
就一定不会拒绝我的接近。
起初我真想把心事暗自埋藏，

① 《魔弹射手》是德国作曲家韦伯（1786—1826）谱写的歌剧。

相信吧，这样您就永远
不会知道我会如何羞赧，
我真想怀着这样的希望：
偶尔，哪怕每礼拜一次
看见您，在我们这个村子，
仅仅是听听您的谈论，
和您说上一句话，然后
就是想啊想，怎么也想不够，
直到下次再与您相逢。
但是据说您不爱与人交往，
在这偏僻的乡村感到郁闷，
而我们……没什么值得炫耀的地方，
虽然喜欢您是出于真心。

您为什么要来探访我们的家门？
在这为人遗忘的荒僻乡间，
我本来永远不会认识您，
也不会遭到这痛苦的磨难，
随着时光的流逝（谁能预见？）
平静了我这涉世不深的心，
我许会找到个合意的伴侣，
会成为一个忠实的妻子
和一个贤惠慈祥的母亲。

另一个！……不，在这人世间
我的心决不献给任何一个人！

这是神明所注定，上苍的意愿……
只有你才能占有我的心。
我整个的生命无可置疑，
是必然和你相逢的保证；
我知道，你是上帝给我的赏赐，
你将是我整个一生的保护神……
在梦里你曾来到我面前，
虽不可捉摸，我却感到可亲，
你奇异的目光如此乱我方寸，
你的声音早在我心中回旋……
不，这可不是虚幻的梦呀！
你一进来，我立刻就知道，
我顿时就呆住，浑身燃烧，
心里暗暗地说：就是他！
可不是吗？我曾听到你的言语：
当我在帮助穷苦的人们，
或者用默默的祈祷来安慰
我这躁动心灵的愁思，
你不是在和我悄悄地谈心？
并且就在这样的时辰，
难道不是你，亲爱的幻影，
在明净的昏暗中来访，
轻轻地在我床头俯身站定？
难道不是你满怀欢欣与爱情
对我轻声细语给予希望？
你是谁，我的安琪儿还是保护神，

或者是奸徒把女性诱引：
你快来解答我的疑问。
也许这一切全然是空想，
一个未经世事灵魂的幻梦！
命定的却是另一种情况……
然而就这样让它去吧！如今
我把命运全向你付托，
在你的面前热泪涔涔，
恳切地请求你的保护……
试想一下吧，我孤零零一个人，
谁也不能理解我的心情，
我已无力保持自己的理性，
我应当默默地去寻找死神。
我等着你，请你只看我一眼，
用它来复活我心中的憧憬，
要不然就打破我这沉重的梦，
噢，给予我应得的责难！

写完了！我不敢再看一遍……
羞愧和恐惧让我手足无措……
但你的人格让我感到心安，
我大胆地把自己向它付托……

三二

达吉雅娜又是长吁又叹气，

那封信在她手里瑟瑟打颤，
一张玫瑰红的封缄纸
在火热的舌尖上舔湿了又枯干。
她那可爱的头低垂在胸前，
从她那雪白迷人的双肩
轻柔的寝衣微微地滑落……
可这时皎洁的月光已变得
暗淡。远处的山谷在薄雾中
已越发明朗。清澈的溪涧
闪耀着银光，村里的庄稼汉
正被牧童的短笛唤醒。
早晨来临了。人们都起身，
可达吉雅娜还是昏昏沉沉。

三三

她仍低垂着头坐在床前，
没有发觉窗外的曙光，
她那张倾诉衷情的信笺
也没有加盖自己的印章。
可是房门已轻轻地打开，
白发的菲利波耶夫娜走了进来，
用托盘给她端来了早茶。
“不早了，起来吧，我的娇娃：
啊，我的美人儿，你已经起身！
啊，我的早起的小鸟儿，

昨晚差点儿把我的魂吓掉！
真要感谢上帝，你无灾无病！
夜里的忧愁已没了痕迹，
脸蛋儿还像罂粟花般艳丽。”

三四

“啊！妈妈，你给费心做件事。”
“好吧，亲爱的，你就吩咐吧。”
“你不要以为……真的……不要怀疑，
你知道……噢，可别说推托的话。”
“我的宝贝，上帝会帮助你。”
“那么，请悄悄叫你的孙子
拿着这封信去找奥……我那个……
找那个邻居……还要跟他说，
叫他千万千万别吭声，
也不要对他说出我的名字……”
“我亲爱的，你到底叫他去找谁？
如今我可是全没了记性。
这儿四周有那么多邻居，
叫我如何把他们一一记起。”

三五

“你啊，瞧你有多笨，妈妈！”
“我的好宝贝，我已上了年纪，

老啦，脑筋迟钝了，达尼亚，
可从前，我是多么的伶俐：
从前，只要老爷一句话……”
“啊，妈妈，妈妈，你说到哪儿去啦？
我可不管你的什么脑筋，
你看，我说的是送这封信，
要送给奥涅金。”“噢，对了，对了。
你快别生气，我的心肝宝贝，
你知道，我脑子笨，不能领会……
可你的脸儿为什么又白了？”
“没什么，妈妈，真的没有事。
你还是快点打发你的孙子。”

三六

可一天过去了，没见到答复。
第二天又来了，还是没回音。
她苍白得像幽灵，一早穿好衣服，
达吉雅娜等待着：何时会来信？
奥丽加的崇拜者翩翩来到。
“请问在哪儿，你那位知交？”
主妇对他提出一个问题，
“他简直已完全把我们忘记。”
达吉雅娜脸上一热，浑身战栗，
“他说过今天要来做客，”
连斯基对着老太太回答说。

“大概是信件误了日期。”
达吉雅娜垂下她的眼睑，
好像听到了恶意的责难。

三七

黄昏来临，烧晚茶的茶炊
在桌上闪光，咝咝作响，
热着中国茶壶里的茶水，
轻轻的水汽在它下面飘荡。
奥丽加亲手给大家倒茶，
香气馥郁的茶水斟下
茶碗，像一股浓黑的佳醪，
小厮还双手送上了乳酪；
达吉雅娜呆呆站在窗前，
对着冰冷的玻璃窗呼吸，
我的宝贝，她默默地想着心事，
轻轻地划动着细嫩的指尖，
慢慢地在雾气朦胧的玻璃上
写下心爱的奥和叶两个字样。

三八

这时她真是忧心如焚，
愁楚的双眸满含着泪水，
一阵马蹄声！……她的心缩紧。

更近了！奔驰着……叶甫盖尼
出现在院子里！“啊”轻得像幽灵，
达吉雅娜跑进另一个门厅，
从门廊跳到院子，又奔进花园，
飞奔着，飞奔着，怎么也不敢
回身看一眼。刹那间她已奔过
花坛、一座座小桥和草地，
通过湖滨的幽径和林子，
碰断了多少丁香丛的枝萼，
她顺着花圃奔向小溪，
气喘吁吁朝着一条长椅

三九

倒下……
　　　　“在这里！叶甫盖尼在这里！
噢，上帝！他心里会怎么想！”
她那饱受煎熬的心智
还做着渺茫的梦，存一线希望。
她浑身颤抖，像火燃烧一般，
等待着：他会来吗？但没听见。
一群女仆在花园的果畦上
采摘浆果，在树丛间奔忙，
遵照主人的命令齐声唱着歌。
(主人发出这命令是因为
不让那些女仆贪馋的嘴

偷偷地吃掉东家的浆果。
女仆们的歌声没完没了：
乡下佬的脑子里有多少高招！）

女仆们的歌

姑娘们，美人儿，
姐妹们，心肝儿，
玩起来吧，姑娘们，
乐起来吧，亲爱的！
唱起歌儿来，
这歌儿是从心里来，
引得那小伙子
到我们的环舞里边来。
等到我们引来了小伙子，
等到我们看见了小伙子，
就倏地跑开呀，亲爱的，
那时就把樱桃掷过去，
把樱桃呀草莓掷过去，
还把红醋栗也掷过去。
别跑来偷听
我们心爱的歌曲，
别跑来偷看
我们姑娘家的游戏。

四〇

她们歌唱着，而达吉雅娜
却无心细听这嘹亮的歌声。
她是那么焦急地想方设法
等待怦怦跳动的心儿能平静，
双颊燃烧的红云能褪去。
可她胸中的激动仍难以平抑，
双颊的燥热并没有褪清，
反而烧得更加通红通红……
就像被顽皮的小学生捉住，
一只可怜的小蝴蝶在闪亮，
扑打着五彩斑斓的翅膀；
就像秋播地里颤抖的小兔
突然看见了一支利箭
从远处射进茂密的灌木间。

四一

她终于长长地叹了一声，
接着从长椅上慢慢站起，
她走了几步，刚刚要拐进
树荫蔽日的幽径，却不期
遇上了叶甫盖尼。他目光炯炯
站立着，像个可怕的幽灵，
她像被烈火包围一般，
手足无措地站在他面前。
但这次邂逅的结果如何，
亲爱的朋友们，我已筋疲力尽，
无法再细细对你们说明；
我的话已经说了这么多，
应该去散散步，稍事休息：
后事如何，以后再说仔细。

第四章

道德是事物的一种自然属性。

——内克[①]

一 二 三 四 五 六

七

对女人我们越冷若冰霜
就越容易获得她们的痴心，
而且更能够牢牢地用一张
诱惑的罗网来毁掉她们。
那些冷酷无情的浪荡汉
常常夸耀情场上的手腕，
他们处处吹嘘自己的本领，
说他们只取乐而没有爱情。

① 内克（1732—1804），法国政治家，路易十六时期的财政大臣。原文为法语。

但这种值得炫耀的游戏
只是众口吹嘘的老祖宗时代
那些情场老手的至爱：
洛夫莱斯的声名已经过气，
连同那备受青睐的红鞋跟
和华丽的假发都不受欢迎。

八

谁不厌烦恼人的虚情假意，
陈年老调一再花样翻新，
早已是众所周知的旧事，
还一个劲儿要人相信，
老是听那些同样的争辩，
要人消除那糊涂的成见——
就连一个十三岁的小姑娘
都不可能产生这种妄想！
有谁不腻烦那些威胁、
央求、起誓、假惺惺的胆怯，
一封信写上长长六大页，
还有那欺骗、诽谤、指环、眼泪、
姑母和母亲的严密监视，
以及丈夫令人厌烦的情意！

九

这正是叶甫盖尼的所思所想。
在青春年华的最初时刻，
他沉溺于不可抑制的放浪，
毁坏于狂放无羁的玩乐。
生活中养成随心所欲的习惯，
他一时沉迷于某种意愿，
又为另一事件感到绝望，
他渐渐为欲望而苦恼难当，
也为暂时的成功而厌烦，
在喧闹中也在静谧的独处，
他倾听心灵无尽的怨诉，
频频用笑声来压下呵欠：
就这样他把八个年头糟蹋，
虚掷了一生中青春焕发的年华。

一〇

他不再落入美女的情网，
追求女人不过是逢场作戏；
对方拒绝——一会儿就遗忘，
对方变心——正乐得休息。
追求她们，他不会迷醉，
抛弃她们，他并不惋惜，
他从不想起她们的爱和恨，

就像一个淡漠的客人
晚上跑来打一局惠斯特[1]，
坐下来，等到打完了牌局，
他就乘上车疾驰而去，
在家里安安稳稳钻进热被窝，
到早上连自己也不知道，
晚上又要到哪里去逍遥。

一二

但是收到达尼亚的信函，
奥涅金的心却被深深打动：
一个少女痴梦的语言
激起的思绪在他心中汹涌；
于是他想起可爱的达吉雅娜
那忧愁的面容和苍白的双颊，
这一回他那整个儿的心灵
已沉浸在甜蜜而纯洁的梦中。
也许，有一会儿工夫他的心怀
又燃起昔日情感的火焰，
但是此时他不想欺骗
一个天真无邪心灵的信赖，
现在让我们再回到花园里，
达吉雅娜正和他在此相遇。

① 一种牌戏。

一二

有两分钟他们相对无言，
还是奥涅金朝她跨上一步，
并对她说："您给我写了信函，
请不要否认。我已拜读
您那心灵的真诚表白，
您那纯洁爱情的表态；
您的真诚温暖着我的心，
它唤起我早已沉寂的感情，
让它重新在我心中激荡，
但我并不想把您称赞；
我愿意对您披肝沥胆，
回报您对我的真诚相向。
我把内心的自白向您奉献：
任凭您对我作出评断。

一三

"假如我想让自己的生活
受家庭的羁绊紧紧约束，
假如幸福的命运注定我
必须做个父亲和丈夫，
假如家庭前景的美满
哪怕有一刻让我迷恋，

那么除了您这位淑女
我决不去找另一个未婚妻。
假如我想寻求从前的理想，
那么这样说绝非出于恭维：
要做我这愁苦日子的伴侣，
选中您这一位是理所应当，
您会保证我心满意足，
我要多幸福……就能多幸福！

一四

“但我不是为幸福而生，
它和我的心没有缘分，
您枉然生就如此完美的品性，
受用它我没有这样的福分。
请相信吧（良心就是保证），
我们的婚姻将很苦痛。
无论我是多么地爱您，
日子一久，我就没了热情；
您会悲伤地哭泣，而眼泪
绝不会感动我的心灵，
却只会让我气得发疯。
您自己判断吧，喜曼①会为
我们那也许漫长的年岁

① 希腊神话中的婚姻之神，一译许门。

撒下一些什么样的玫瑰。

一五

“世上还有什么比这样的家庭
更糟，在那里可怜的妻子
为不称心的丈夫伤心悲痛，
日夜苦度孤寂的时日；
在那里烦闷的丈夫虽深信
妻子的贤惠（却诅咒命运），
却总是愁眉不展、默默无语，
整日价生气和冷酷地猜忌！
我就是这样的人。可您给我写信，
以这样的诚挚，这样的聪颖，
您那纯洁、火热的心灵
要寻觅的竟是我这样一个人？
难道上苍早就这样注定，
为您安排如此严酷的薄命？

一六

“幻想和岁月如过眼烟云，
我的心灵也不能死而复生……
我爱您用兄长一般的爱心，
也许还更加亲切温馨。
请您平静地听我的忠告：

少女们常有幻想的爱好，
不时变换着瞬息的梦幻，
犹如一棵小树到了春天
总要换上嫩绿的新衣，
看来上天就是这样注定。
您会重新找到自已的爱情：
但是您应该学会克制自己，
不是每个人都像我理解您，
不谙世事会埋下祸根。”

一七

叶甫盖尼郑重其事地教导，
达吉雅娜无可奈何地听讲，
她噙着泪，眼前烟雾缥缈，
微微喘息着，一声也不响。
他把手伸给她。达吉雅娜
凄凄惨惨地默默挽住它
(机械地，正如常言所说)，
秀美的头儿无力地低垂着；
他们绕过菜园回家去，
两个人在一起，没有一个人
会想起责备他们的亲近：
乡村里素有自由的风气，
幸福的权利人人可同享，
如同高傲的莫斯科一样。

一八

我的读者，您定会同意我的话，
我们这朋友以亲切的态度
对待悲伤欲绝的达尼亚，
他已经不是第一次表现出
心灵的高贵正直的品格，
虽然人们都非常苛刻，
对他一点也不肯原宥，
他的仇敌和他的朋友
(也许二者并没有什么两样)
都百般对他辱骂诋毁。
每个人在世上都有仇敌，
但上帝，请帮我摆脱朋友的罗网!
我可领教够了，朋友啊，朋友!
我想起他们绝非没有缘由。

一九

怎么回事? 没什么，我不过
想把那些不快的念头遗忘，
我只是附带地来说一说，
没有一种可鄙的诽谤——
它是由造谣者在阁楼上制造，
又由庸俗的世人加以热炒——
也没有一种胡言乱语，

没有一种街谈巷议，
不是由您的朋友笑嘻嘻，
不怀着任何企图和祸心，
在一群正派人中间仅仅
以讹传讹地重复一百次；
可他却常常为您抱不平，
他如此爱您……像您的亲人！

二〇

嗯！嗯！我高贵的读者，
您所有的亲人是否都康健？
对不起，现在您也许乐得
听我来给您稍稍谈一谈
亲人究竟该怎样体认。
亲人就是这样一些人：
对他们，我们应充满热情，
爱护他们，由衷地尊敬，
并按照我们民间的习惯，
到了圣诞节登门去访问，
或表示祝贺寄上一封信，
让他们在一年中的其余时间
不再为我们牵挂担忧……
总之，愿上帝保佑他们长寿！

二一

可是多情美人的爱情
却比友谊和亲缘更可靠，
即使在惊涛骇浪之中，
您的权利也可以保牢。
当然是这样。但时尚像狂风，
但人们与生俱来就任性，
但社交界的流言像山洪暴发……
而美人儿又都水性杨花。
尽管丈夫表示的意志，
凡是贤惠的妻子也应当
加以尊重，而不能违抗，
可是您那忠心耿耿的贤妻
往往瞬息间就移情别恋，
撒旦[1]总拿爱情来消遣。

① 即魔鬼。

二二

有谁值得爱？有谁能信赖？
谁对我们永远不变心？
谁用我们的尺度和关爱
去衡量一切事情与言论？
谁不散布有关我们的谣言？
谁关怀备至给我们温暖？
谁能宽容我们的恶习？
谁对我们永远不厌弃？
忙忙碌碌的幻影寻觅者，
不要徒然耗费你的心机，
你还是好好地保重自己，
我的极可尊敬的读者！
这才是值得您爱的：实在
没有什么比自己更可爱。

二三

这次见面的结果怎么样？
哦！要猜想这一点并不难！
为爱情而令人发疯的悲伤，
并没有平息少女心中的波澜。
这颗心正遭受难忍的伤悲，
不，可怜的达吉雅娜心里
更猛烈地燃烧着恼人的爱情。

她彻夜不眠，难以入梦，
健康、生活中的鲜花和欢乐、
可爱的笑容、处子的平静
全化为乌有，如空泛的风声，
可爱达尼亚的青春已黯然失色：
犹如初露晨曦的天空
又密布狂风暴雨的阴影。

二四

唉，达吉雅娜在日益憔悴，
她苍白、消瘦而沉默寡言！
没有什么能引起她的兴趣，
没有什么能拨动她的心弦。
邻居都深有感触地摇着头，
纷纷议论，全替她发愁：
是时候啦，是时候啦，她该嫁人！……
但是够了，我必须赶紧
用一幅幸福爱情的图景
让我的读者们感到欢愉，
亲爱的读者，深深的怜惜
不由得把我的心窝揪紧。
请原谅：我是如此欢喜
达吉雅娜，我这可爱的少女！

二五

一天比一天更加钟情
年轻奥丽加的美丽姿容，
弗拉基米尔的整个身心
都沉浸在爱情的奴役之中。
他和她朝夕形影相随，
双双在她幽暗的闺房里依偎，
趁着黎明时晨光初露，
他们手拉手到花园里漫步。
怎么样啊？他在爱情中沉醉，
在柔情的羞怯中心慌意乱，
只看到奥丽加鼓励的笑脸，
他才偶尔敢于鼓起勇气
伸手去抚摩她披散的鬈发，
或者把她的衣裳吻一下。

二六

他有时给奥丽亚[①]朗读一本
劝谕世事的长篇小说，
这位作者对于人的天性
比夏多勃里昂了解得更多，
然而常常有那么两三页
(都是些荒诞不经的情节，
有害于少女纯洁的心田)
他匆匆翻过还羞红着脸。
他们远远地躲开众人，
时常两个人面对着棋盘，
有时候用臂肘支着桌面，
相对而坐，却思绪纷纭，
连斯基心不在焉，竟然会
用卒子去吃自己的堡垒。

① 奥丽加的爱称。

二七

就是乘车回了家，在家里
他还为奥丽加忙个不迭，
他用心为她装饰纪念册里
匆匆写就的薄薄的纸页：
有时在其中画画乡村的风貌、
石头的墓碑、维纳斯神庙，
或者用羽笔和淡淡的彩色
画一只停在诗琴上的白鸽；
有时他在纪念册之内
在别人签署的名字下面，
留下情意绵绵的诗篇，
那是幻想的无声纪念碑，
那是神来之笔的永久记录；
多少年后它仍会动人如故。

二八

您当然不止一次看见
县城里乡下小姐的纪念册，
那里上下左右全涂满
小姐妹们的题词和诗作。
这里，全不顾拼写法的规定，
为了表示友谊的忠诚，
她们按习惯写下无韵诗，
而且长短不一，连篇错字。
在第一页上你可以看到：
请您在这里写点什么，①
还有签字：您忠实的安内特②；
在最后一页你可以读到：
“谁对你更加友爱眷恋，
就请她接着题写一篇。”

二九

您一定可以在这里见识
画着的火炬、鲜花和两颗心，
会读到情人们的山盟海誓：
我至死忠贞不渝地爱着您。
某个冒充诗人的大兵也敢于

①② 原文为法语。

在这里胡乱写几句歪诗。
这样的纪念册，我的朋友，
老实说，我也乐于试试身手，
我从心底里深信不疑，
我的胡诌只要表现出热情，
就一定会赢得主人的垂青，
而且以后人们也不至于
冷笑着一本正经地评议，
我的胡话是否写得俏皮。

三〇

但你们，魔鬼书库里的杂货，
一些乱七八糟的本本，
装饰得精致华丽的纪念册，
时髦歪诗作者的苦难作品，
你们，用托尔斯泰①的神奇画笔
或巴拉登斯基的美妙诗句
灵巧地装饰起来的大杂烩，
愿天雷把你们通通烧成灰！
当一个打扮得珠光宝气的太太
向我递过她那个四开本②，
我不由得浑身颤抖、顿生愤恨，
心灵深处立刻活动起来，

① 费·托尔斯泰（1783—1873），俄国画家。
② 原文为法语，指纪念册。

冒出一首尖刻的打油诗，
可我得给她写赞美的文字。

三一

连斯基在妙龄奥丽加的纪念册上
写下的却不是溢美的赞美诗，
他笔下有热烈的情爱在荡漾，
他并不冷漠地炫耀才智；
有关奥丽加身上的一切，
凡看到听到的他都如实描写：
那充满生活真情的哀诗
如江河流水奔流不息。
就像雅泽科夫[①]，灵气横溢，
当你心潮澎湃，激情满怀，
天知道你歌唱的是谁的风采，
你那珍贵的感伤的诗集，
有朝一日将为你汇集成
一部故事，讲述你一生的运程。

三二

但是安静些！你是否听见？

① 雅泽科夫（1806—1846），俄国诗人。

那严厉的批评家[1]正吩咐我们
丢掉哀诗的破烂花环，
并喝令弟兄们，那些拙劣诗人：
“不要老是那样啼哭哀嚎，
不要老是唱那些陈词滥调，
一个劲儿追悔昔日和以往：
够了，请拿别的题材唱唱！”
“说得对，你定会指示我们，
去写喇叭、面具和短剑[2]；
那些僵死的思想遗产，
你也会命令我们去重温：
对吗，朋友？”“不，你说到哪儿去啦！
先生们，你们可以写颂诗呀，

三三

“像人们在盛世里那样写作，
像古代人们所做的那样……”
“尽写些庄严的颂诗歌功颂德！
够了，朋友，还不是一样的名堂？
试想想那讽刺诗人[3]的高论！
那精巧的‘人云亦云’的诗人，

---

① 指十二月党人丘赫尔别凯，他在一篇文章中批评“忧郁的”哀诗。
② 喇叭、面具、短剑是古典主义戏剧的象征性特征。
③ 指俄国诗人德米特里耶夫（1760—1837），他写过一首题为《人云亦云》的讽刺诗，讽刺逢迎拍马的颂诗诗人。

难道比那些悲伤的做诗匠
更能够让你宽容忍让？
但哀诗毕竟是浅薄的下品，
那空泛的立意虚无缥缈，
而颂诗的目标却很崇高，
也很庄严……”这问题我们
很可以辩论，但我不谈为好，
以免挑起两个时代的争吵。

三四

对着荣誉和自由膜拜顶礼，
当自己的思绪汹涌沸腾，
弗拉基米尔也会去写颂诗，
可是奥丽加不会去读它们。
世上可有这一类事情，
那眼泪汪汪的伤感诗人，
给情人诵读自己的诗章，
据说这是无上的奖赏。
确实，谦逊的情人真幸运，
他尽情吐露自己的梦想，
向着歌唱与恋爱的对象，
那听得心迷神醉的美人！
幸福啊！……虽然，也许她是
完全为别的事情而神驰。

三五

但是我只把我的梦话
和音韵游戏的果实单独
向我那年事已高的奶妈、
我少年时代的朋友朗读，
有时在乏味的午餐之余，
把那前来串门的邻居
突然拉住，叫他们在墙角边
为听我朗诵悲剧而犯难。
或者（这可绝不是开玩笑）
我为寂寞和诗情所忧烦，
独自漫步在我家的湖畔，
把那一群群野鸭惊扰：
听罢我那悠扬的诗句，
它们都倏地从岸边飞起。

三六　三七

奥涅金怎么样？各位兄弟！
我请求你们稍微耐心点：
让我来把他的日常起居
详细地向你们描绘一番。
奥涅金过日子像隐士一样，
夏天他早晨六点多起床，
就穿着便装来到山下，
奔向那条奔腾的河汊，
他效仿那歌唱古丽纳尔的诗人①，
到赫里斯彭特海湾②击水，
然后回去喝一杯咖啡，
再把那无聊杂志浏览几份，
接着换好衣裳……

三八　三九

散步，读书，酣畅的睡梦，
清流的絮语，树林的清荫，
有时候找一个金发黑眼睛、
年轻女子来个醉人的亲吻，
驾驭驯养的灵性骏马，

① 古丽纳尔是拜伦《海盗》一诗中的女主人公，“歌唱古丽纳尔的诗人”指拜伦。
② 达达尼尔海峡的古称。

日常的饮食精美到家，
来一瓶清澈透明的美酒，
逍遥自在，独享宁静的清幽，
这就是奥涅金神圣的生活。
他忘情地沉浸于这种日子，
送走了无数快乐的夏日，
在悠闲的生活中怡然自得，
淡忘了城市，也淡忘了朋友
和节庆里种种胡闹的烦忧。

四〇

但是我们北方的夏季
恰如南方冬季的翻版，
它一闪而过，这众所周知，
虽然我们不承认这一点。
天空已充满秋天的气息，
太阳的光焰也弱了少许，
白昼变得一天天短暂，
树林里那片神秘的幽暗
也在萧萧的呜咽中豁然开朗，
田野上升起茫茫的迷雾，
悲鸣的雁群排成队伍，
正飞向南方，已然在望，
那够令人郁闷的季节，
转眼已经到了十一月。

四一

曙光在寒冷的昏暗中升起，
田野上不再有耕作的声响；
恶狼带着饥饿的伴侣
不时在大路当中游荡。
过路的马匹嗅到兽群，
不断打着响鼻，小心的旅人
竭尽全力往山里奔命。
晨曦初露的时候，牧童
不再把母牛赶出畜栏，
晌午来临的时刻，角笛
也不唤它们返回畜圈里，
茅屋里姑娘[23]歌声婉转，
纺着纱线，那冬夜的伴当——
松明卜卜地在她面前爆响。

四二

这时已袭来凛冽的寒气，
银光闪亮，田野上处处是……
(读者已等着和它押韵的玫瑰①，
好吧，那就快点用上这个词！)
小河银光闪闪结着冰，
比时髦的镶木地板还洁净；
欢乐的孩子来了一大帮，[24]
冰刀划开冰层吱吱响；
笨拙的家鹅迈开红脚，
想要在水面戏耍游荡，
它小心翼翼走到冰面上，
却一次一次地频频滑倒；
那初降的瑞雪飞舞闪亮，
宛如繁星飘落在河岸上。

四三

这季节在村野里做些什么好？
散步？这个时候的乡村
草木凋敝，到处一片萧条，

---

① 俄文中玫瑰（роза）的第二格 розы 和寒气（морозы）押韵，普希金在这里讽刺拙劣的诗人。

看上去不由得令人郁闷。①
骑马奔驰在荒凉的草原上，
但是马儿那磨平的马掌
踩着滑溜难行的雪地，
你就等着摔倒在冰雪里，
那就坐在寂寥的屋里养养神、
读读书：这是普拉德②，这是司各特③，
不愿意，那就翻翻账册，
发发脾气，喝杯酒解闷，
随意打发漫长的夜晚，
明天还一样，就这样安度冬天。

四四

奥涅金正像恰尔德一样，
在默默的懒散之中生活：
醒来上浴室用冷水冲个凉，
然后就整天在家里消磨，
孤零零一个人忙于盘算，
他拿起那根秃头的球杆，

---

① 这几句诗的草稿是：
这季节在村野里做些什么好？
散步？但到处都是光秃秃，
恰如萨杜恩光秃秃的头，
或者是一无所有的农奴。
（萨杜恩是古罗马神话中的农神。）

② 普拉德（1759—1837），法国政论家。

③ 司各特（1771—1832），英国诗人、历史小说家。原文为英语。

一大清早来到球台旁，
为击打两个台球而着忙。
乡村的黄昏时光来临时，
他离开球台，放下球杆，
在壁炉跟前摆上美馔，
叶甫盖尼等着：这时连斯基
赶着灰马的三驾车来到。
快来吧，正是进餐的时候！

四五

克利歌寡妇牌和莫埃特牌香槟，
一瓶瓶名贵美酒冰镇过，
立刻就为我们的诗人
端上了早已摆好的餐桌。

它清澈明亮如飞马神泉①[25]，
以它的泡沫和翻腾变幻
(恰如这个和那个一样) ②
使我心醉：为了它我常常
掏出仅有的一个雷波顿③。
你们可记得，我的朋友？
它那富有魅力的清流
曾经把多少蠢事诱引，
还引发过多少谈笑、论争、
诗文以及欢乐的美梦。

四六

但是它损害了我的胃口，
用它那嗞嗞作响的泡沫；
因此我这个谨慎的酒友，
如今宁可选择波尔多④，
对于爱伊⑤我已经力不能胜，
这种酒太像一个情人，
它姿容艳丽，活泼轻浮，
任性，而灵魂空虚庸俗……

---

① 指希腊赫利孔山的泉水。传说赫利孔山是缪斯的居处，喝了这里的泉水，就会得到诗的灵感。
② 戏指爱情和狂热的青春，参见原注 25。
③ 古希腊小钱。
④ 法国葡萄酒。
⑤ 酒的牌子。

而你波尔多，就像个朋友，
不管是遇到痛苦或不幸，
你时时处处都是个良朋，
你会给我们忠实地效劳，
或同我们共度闲暇的时刻。
万岁，我们的朋友波尔多！

四七

火焰熄灭了，金黄色的煤炭
薄薄地蒙上了一层灰烬。
一缕淡淡的烟气缓缓
升起，壁炉里发出的微温
还没有消失。煤烟从管道里
飘向烟囱。晶莹的酒杯
还在桌上咝咝地响动，
这时暮色已变得浓重……
（我喜欢那友情洋溢的对酌
和那友情洋溢的胡诌，
在那法国人称为狼和狗
之间的时候，为什么这样说，
我可是没法说得周全。）
下面是两个朋友的交谈：

四八

“喂，邻居那两位小姐怎么样，
达吉雅娜和你那活泼的奥丽加？”
“来半杯酒吧，请给我斟上……
够了，亲爱的……他们全家
都很好，让我向你问安。
啊，亲爱的，瞧瞧奥丽加的双肩
有多迷人，还有多美的胸脯！
心地多善良！要是有工夫
就一起去做客，他们会很欢迎。
可是，朋友，你自己想想看：
去过两次，又过了多少时间，
此后你就没再露过踪影，
哎，你瞧……我真是太糊涂，
他们家这礼拜有事，请你光顾。”

四九

“请我？”“是啊，达吉雅娜的命名日
就在礼拜六。奥莲卡①和她母亲
让我来邀请，你可不能随意
拒绝这样盛情的邀请。”
“但是那里有一大堆客人，

① 奥丽加的爱称。

总有些乱七八糟的来宾……”
“什么客人都没有，我敢保证!
那里会有谁? 就自己一家人。
我们一起去吧，请勿嫌弃!
怎么样?”“好吧。”“你真够朋友!”
说着，他一口喝干了杯里的酒，
表示对这位芳邻的敬意，
然后又重新那么起劲
谈起奥丽加：这就是爱情!

五〇

他是那么快活。再过两星期
就是预定的幸福的那一天。
洞房里合欢床上的秘密
以及甜蜜的爱情花冠
将使他如何喜不自禁。
他做梦也没有想到过喜曼①
将给他带来什么烦恼哀怨，
还有一连串无聊时的呵欠。
可我们这些喜曼的仇敌
看到的仅仅是家庭生活中
一幅幅令人厌倦的图景、
拉封丹风味的长篇故事……[26]

① 此处指婚后生活。

而我那可怜的连斯基，他的心
却是为这种生活而生。

五一

他被人爱着……至少他心里
这样相信，所以他是个幸福的人。
谁坚守信念，谁就有百倍的福气，
他平静下原来就平和的心，
在令人销魂的温柔乡中缱绻，
像醉酒的旅人休憩在客栈，
或者更文雅些，像一只蝴蝶
吮吸着春天鲜花的玉液。
但有一种人很可怜，他一切都预见，
他的头脑从来不迷失，
他憎恨一切表示和言辞，
不管它们是如何变幻，
经验使他的心变得冷峻，
不准他在作乐中颠倒神魂！

第五章

噢，但愿你没有做过如此可怕的梦，
你啊，我的斯薇特兰娜！
——茹科夫斯基①

一

这一年的秋天磨磨蹭蹭
久久不愿离开这人间，
大自然等待着等待着严冬，
一直到一月二日的夜晚
才落下一场大雪。一早醒来，
达吉雅娜就看见窗外
院子、花坛、屋顶和栅栏
大清早就现出雪白一片。
窗上结着薄薄的霜花，

① 题词引自茹科夫斯基的长诗《斯薇特兰娜》。

树林披上冬季的银装，
喜鹊在院子里欢跃歌唱，
冬天的远山朴素无华，
像铺上柔软而耀眼的地毯，
一切都那么雪白璀璨。

二

冬天……一个农夫兴高采烈
乘雪橇初试刚积雪的道路。
他的马儿一边嗅着积雪
一边随意地跑着碎步。
欢快的篷橇在飞快奔驰，
犁开了蓬松柔软的雪地；
车夫在驭座上驾着雪橇，
系着红腰带，身穿羊皮袄。
瞧吧，仆人的孩子在奔跑，

雪橇上放着小狗朱奇卡，
自己就充当拉车的快马，
这个淘气鬼冻僵了小指头，
他感到疼痛，样子很可笑，
妈妈却站在窗口向他呼叫……

三

但是，也许这一类图景
不能引起你多大的兴趣，
这是一些粗俗的乡情，
没有多少文雅的诗意。
受到灵感之神的启示，
另一位诗人用华丽的文体
为我们描写了初雪的美妙
和冬天悠闲生活的情调；[27]
他用火焰般热烈的诗情
描写了雪橇上秘密的游戏，
我相信，这一定会让你着迷，
但是我暂时不想和这诗人，
也不想和你——芬兰少女
热情的歌者比比高低！[28]

四

达吉雅娜（她赋有俄罗斯人的心灵，

为什么，她自己也不知道）
独独喜爱俄罗斯的严冬
和它那清淡素雅的妖娆、
严寒时映着阳光的浓霜、
雪橇、天边晚霞升起时光、
玫瑰色雪野上闪光的璀璨、
主显节[①]前后傍晚的幽暗。
按照古代传下的风习，
他们家每晚都热闹地欢度，
全家的使女都来占卜，
为小姐们的未来推断运气，
并且每一年都预测她们
有军官做丈夫并出门去远征。

五

达吉雅娜相信自古以来
流行在民间的种种传说，
她相信梦境和占卜的纸牌，
还有月亮显示的福祸。
一切征兆都使她惶惶不安，
这些征兆都神秘虚幻
向她预示着某种吉凶，
种种预感常憋得她心痛。

---

① 主显节在俄历一月六日，主显节前后是一年中最冷天最黑的时节。

忸怩作态的猫儿坐在灶台上，
打着呼噜，用爪子洗脸，
她认为是一种征象的显现：
有客人来访。忽然她抬头仰望，
看见一弯金钩般的月牙
正冉冉升起在左边的天涯，

六

她便浑身颤抖，大惊失色。
有时，如果有一颗流星
从漆黑的夜空飞驰而过，
分裂，纷纷洒落在空中，
达尼亚立刻心慌意乱，
趁流星尚未陨落便毫不拖延，
将心愿向它悄悄默许。
有时，这种事发生在某地，
她遇到一个穿黑衣的修士，
或者看见在她的面前
一只兔子横穿过田间，
她立刻吓得魂不附体，
心中充满了不幸的预感，
束手等待着临头的灾难。

七

结果怎么样？她却在恐惧中
找到一种秘密的快感：
造物主是这样创造了我们，
制造矛盾本是他的习惯。
圣诞节期[①]到了，真叫人高兴！
爱热闹的青年人都来算命，
他们的生活中没什么可遗憾，
他们的面前是一片灿烂
和广阔无垠的美好前程；
老年人都已行将就木，
可还是戴着眼镜来占卜，
一去不返的是他们的人生；
可是都一样："希望"也像幻梦
用那牙牙儿语欺骗他们。

八

达吉雅娜用她好奇的目光
注视着沉在水里的蜡油：
它用那结成的奇异花样
向她预示某种奇迹的征候；
从那盛满清水的盆子里

① 指圣诞节至主显节之间一个多星期时间。

大家依次取出一枚戒指，
轮到她取出戒指的时候，
唱的是一支古老的歌谣：
“那里的庄稼汉都是富豪，
他们用铲子扒着银子，
唱到谁，谁就有福气和荣誉！”
但是这首悲哀的小调
预示给人的却是灾害，
姑娘们认为母猫更可爱。[29]

九

凛冽的寒夜，天空如此清朗，
上边回转着奇妙的星辰，
是这样和谐，这样安详……
达吉雅娜穿着袒胸的衣裙，
来到宽敞的院子，一面明镜
在手中，拿它对着月轮，
但是在那漆黑的镜面
只有凄清的月亮在打颤……
喔……雪地沙沙响……来了个过路人，
少女踮着脚尖向他奔去，
她的嗓音是如此清丽，
柔和得赛过芦苗的乐音：
“您名叫什么？”[30]面对这情景，
他回答说：我叫阿加丰。

一〇

达吉雅娜听从奶妈的建言，
准备占卜在这个夜里，
她悄悄吩咐在浴室里边
往桌上摆下两副餐具。[①]
达吉雅娜突然感到害怕……
而我——想起了斯薇特兰娜
也感到不寒而栗——就这么办，
和达吉雅娜占卜的事就别干。
达吉雅娜将腰间的丝带解下，
脱下衣服躺到了床上，
列尔[②]在她头上缓缓地翱翔，
而在鸭绒的枕头底下
放着一面少女用的小镜，
万籁俱寂，达吉雅娜安然入梦。

一一

达吉雅娜做了个奇怪的梦，
她梦见，仿佛行走在一片
白雪皑皑的原野之中，

① 这是一种占卜的方法，据说少女未来丈夫的灵魂会来吃饭，可以从镜子中看到他。
② 俄国神话中的爱神。

四周是阴森可怕的黑暗；
她面前在起伏不平的雪堆中
有一条阴暗的河流在奔腾，
它没有封冻，却汹涌激荡，
咆哮着，卷起排空的白浪；
两根被冰雪冻结的细树干
搭成一座摇摇晃晃的小桥，
岌岌可危地跨过这急流：
面对这道喧腾的深渊，
达吉雅娜心中充满疑虑，
她停下脚步，不知如何过去。

一二

达吉雅娜埋怨着这道河水，
它拦住去路真叫人发愁，
周围没有一个人，没有谁
能从对岸伸出援助的手；
突然一个雪堆在动弹，
是谁将要从这里出现？
原来是一只毛茸茸的狗熊。
达吉雅娜惊叫了一声，
狗熊吼叫着，伸出熊掌，
上面长满利爪；她强自镇定，
用颤抖的小手抓住它的掌心，
战战兢兢地走向前方，

终于越过了这道河流：
可是怎么啦？熊跟在身后！

一三

她不敢回过头来瞧一瞧，
只是急匆匆加快脚步；
但是无论如何摆脱不了
这个浑身毛茸茸的忠仆。
讨厌的狗熊呼哧着向前奔，
出现了一座树林，静止的松林
呈现出苍郁庄重的美感：
所有的枝丫上都压着一团团
沉重的白雪，夜晚的星星
透过光秃的杨树、越过白桦
和菩提的树梢射出它们的光华，
没有路，陡峭的悬崖和灌木林

都层层覆盖着厚厚的大雪，
被大雪深深掩埋冻结。

一四

达吉雅娜走进树林，熊在身后奔突，
松软的雪直没到她的双膝；
一会儿长树枝忽然钩住
她的脖子，一会儿使劲拉去
她耳朵上那对黄金的耳坠子，
一会儿一只潮湿的鞋子
从可爱的小脚脱落在雪地里，
一会儿头巾掉了下去，
捡起它都来不及；她害怕，
因为背后有狗熊的声息，
她那只颤抖的小手甚至
都羞于把长长的裙子拉拉；
她奔跑着，熊总紧紧跟随，
她已经跑得没有了力气。

一五

她倒在雪地里，狗熊匆匆
抓住她，并且拖着她上路；
她失去知觉，任凭它摆弄，
一动也不动，大气儿也不敢出；

狗熊拖着她奔上林中的小路，
突然出现一座破败的茅屋；
周围荒无人烟，凄凉的冰雪
严严地盖住四周的原野，
只有一个小窗亮着灯火，
茅屋里叫闹声一片嘈杂，
熊喃喃地说："我的干亲家
就住在这儿：让她暖和暖和！"
于是熊径直走进了门廊
把她放在门口的地上。

一六

达吉雅娜醒了过来，她一看：
熊已经不在，她躺在门廊里，
门里边叫闹和碰杯声响成一片，
就像在办隆重的丧礼；
她弄不清屋里为何如此纷乱，
便悄悄往门缝里边窥探，
她看见了什么？……一群妖怪
在桌子周围坐成一排：

一个长着犄角和一颗狗头，
一个是长着鸡头的妖魔，
这儿坐着长山羊胡子的妖婆，
这儿是傲慢古怪的骷髅，
那儿是个长尾巴的侏儒，
还有个半鹤半猫的怪物。

一七

还有更可怕和更奇怪的事：
一只龙虾骑在蜘蛛上面，
一块人头骨戴着红帽子，
在一只白鹅的脖子上旋转，
一座跳着矮子舞的磨坊

叶片扇得哗啦啦地响；
吠叫声、歌声、狂笑声和拍手声，
马蹄声嘚嘚，人言闹哄哄！[31]
然而达吉雅娜是如何地吃惊，
当她看到了这帮来宾
中间竟有那个她又爱又怕的人——
我们这部小说的主人公！
奥涅金坐在餐桌的后面，
并且偷偷地注视着门边。

一八

他做个手势——大家就忙个没了，
他喝酒——大家都喝酒和叫嚷，
他笑笑——大家都哈哈大笑，
他蹙蹙眉头——大家都不响；
他是这里的主人，这很显然，
于是达尼亚不再那么慌乱，
这个好奇的姑娘壮了壮胆，
这会儿稍稍把门打开一点……

突然间刮起一阵狂风，
吹灭了房间里寒夜的灯盏，
这伙鬼怪立刻乱成一团；
奥涅金闪亮着他那双眼睛，
他霍地从桌子旁边站起，
大家都起立，他向门旁走去。

一九

达吉雅娜真是吓坏了，她想
尽力快一点从这里跑掉：
但怎么也跑不动，她好慌张，
急得团团转，想大声呼叫；
但叫不出声来。这时叶甫盖尼
把门推开，我们这位少女
便出现在这群幽灵面前，
一阵野性的狂笑响彻云天；
所有的眼睛、蹄子、弯弯的长鼻子、
蓬乱的胡子、毛烘烘的尾巴、
血红的舌头、长长的獠牙、
犄角，还有骷髅的手指，
这一切全都朝她指着，
并大声喊叫：“我的！我的！”

二〇

我的！叶甫盖尼威严地大喊，
这帮妖怪立即消失殆尽，
在这凛冽严寒的黑暗里边，
只剩下少女和他两个人；
奥涅金轻轻拉着达吉雅娜，[32]
把她带到屋里的一个旮旯，
让她坐在一张摇晃的凳子上，
还把头依偎在她的肩膀；
突然奥丽加走进了房间，
接着是连斯基；闪了闪光，
奥涅金生气地把手一扬，
眼睛恶狠狠朝他们看看，
他把这不速之客大骂了一顿，
达吉雅娜吓得差点掉了魂。

二一

争吵声越来越响，越来越响，
突然叶甫盖尼抓起一把长刀，
连斯基立即倒下，夜色苍茫，
浓得可怕，响起一声惨叫……
破茅屋被震得剧烈晃动……
于是达尼亚从梦中惊醒……
她一看，房间里已经很明亮；

结着冰花的玻璃窗上
闪耀着朝霞嫣红的光彩；
门打开了，奥丽加在门旁出现，
比那北国的奥罗拉[①]更娇艳，
比燕子更轻盈，她飞奔进来，
对达吉雅娜说：“快快告诉我，
在不安的睡梦中是谁来做客？”

二二

妹妹来到，达吉雅娜没发觉，
她拿着一本书躺在床上，
翻过一页又翻过一页，
那么专注，一声都不响。
虽然这本书里面既没有
诗人甜蜜诱人的虚构，
也没有明哲的真理和风景，
但无论是维吉尔，无论是拉辛[②]
无论是司各特、拜伦、塞涅卡[③]，
甚至是女子的时装杂志
都没有这样让人入迷，
朋友们，这可是马丁 · 扎杰加，33

① 罗马神话中的曙光女神。
② 拉辛（1639—1699），法国剧作家，法国古典主义代表作家之一。
③ 塞涅卡（约前 4—69），古罗马哲学家、戏剧家。

他是迦勒底[①]圣贤的首领，
能够占卜，也善于圆梦。

二三

这部高深奥妙的著作
是一个流浪江湖的商人
拿到他们这偏僻的村落，
并且终于搭上了几本
残缺不全的《玛尔维纳》[②]
让给了我们的达吉雅娜，
他索银三个半卢布，还要去
一本通俗的寓言合集，
一本法文书、两本《彼得颂》[③]
和《玛蒙泰尔[④]文集》第三卷一本。
后来马丁·扎杰加这部作品
成了达尼亚心爱的良朋……
悲伤时它能够给她安慰，
还寸步不离陪着她安睡。

二四

这个梦让她坐立不安，

---

① 古代西亚的民族，曾经统治过巴比伦。迦勒底圣贤指星占家。
② 法国作家科坦夫人的小说。
③ 十九世纪初俄国诗人格鲁津采夫所作的长诗。
④ 玛蒙泰尔（1723—1799），法国作家。

不知道应该怎样解释，
达吉雅娜很想探究一番，
了解一下这噩梦的含义。
达吉雅娜在那简短的目录里
依字母的顺序翻阅下去：
松林、暴风雨、妖婆、云杉、
刺猬、小桥、熊、风雪和黑暗
等等。她心中的这些疑虑
马丁·扎杰加不能够解决；
但这不祥的梦却是个威胁，
预示着将发生许多悲惨的怪事。
后来有好些日子她总是
为此而惶惶不可终日。

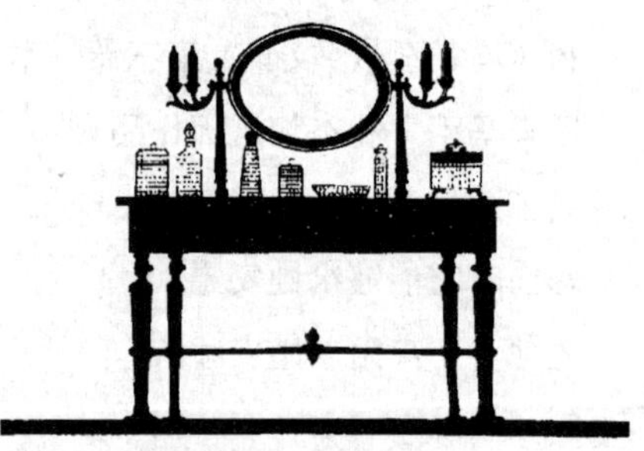

二五

朝霞从早晨的山谷里升起，
用它那嫣红的妙手[34]带来
鲜红而灿烂辉煌的朝日

和那命名日节庆的欢快。
拉林家一清早就宾客盈门，
四周的芳邻都阖家光临，
他们乘着轿式雪车、带篷马车、
四轮马车和雪橇前来祝贺。
前厅里人群摩肩接踵，
客厅里在迎接新的来宾，
哈叭狗吠叫，姑娘们接吻，
大门旁在喧闹、欢笑、涌动，
客人们互相鞠躬问好，
奶妈们呼喊，孩子们哭闹。

二六

肥胖的普斯嘉科夫带领
肥胖的妻子应邀来到。
客人中还有个格伏兹金，
拥有大批农奴的大富豪。
白发苍苍的斯科季宁夫妇
带着全家子女倾巢而出，
这是些从两岁到三十岁的孩子。
彼杜什科夫是县里的纨绔子弟。
我的那位表兄弟布雅诺夫
穿着鸭绒袄，戴着鸭舌帽[35]
（当然，你们跟他是老交）。
还有个退职的参议弗里亚诺夫，

是个粗俗的造谣家，老牌骗子手、
嘴馋、受贿、无恶不作的小丑。

二七

和潘菲尔·哈尔利科夫一家
同来的还有特里克先生，
他刚来自坦波夫，爱说俏皮话，
戴着栗色假发和眼镜。
特里克是个地道的法国人，
他送给达吉雅娜一份礼品，
是孩子们熟知的一段歌词：
*请您醒醒吧，沉睡的美女。*①
这歌词收在一部歌曲集中
在一些陈腐小曲中保存；
特里克这位机灵的诗人

① 原文为法语。

在故纸堆中发现了它的踪影，
并且大胆地把美丽的妮娜①
改成美丽的达吉雅娜。②

二八

看吧，一位连队的指挥官，
待字小姐们崇拜的对象，
县城里妈妈们心中最喜欢，
从附近的城镇专程来访，
进来了……啊，多好的消息！
上校亲自派来庆祝命名日，
今天要来一支军乐队！
多么高兴啊：就要开舞会！[36]
丫头们早就手舞足蹈；
但是到了欢宴的时候，
人们成双入席，手拉着手。
小姐们和达吉雅娜挤在一道；
男宾在对面；人群叽叽喳喳，
画着十字围着餐桌坐下。

二九

有一会儿人们不再高谈阔论，

①② 原文为法语。

宾客们大快朵颐。四面八方
传来了盘子和刀叉的声音，
酒杯也碰得丁丁当当响。
但过了不久，客人们就渐渐
掀起一阵阵谈笑和喧阗。
谁也不听人说话，只是哄笑、
叫喊、争论不休和尖叫。
门突然打开了。连斯基走进来，
后面跟着奥涅金。“啊，上帝！”
女主人叫道，“终于盼来了你！”
客人们往旁边挤挤，大家赶快
挪开自己的杯盘和坐椅，
招呼两位朋友快入席。

三〇

两人落座在达尼亚对面，
她比早晨的月亮还苍白，
比被追逐的小鹿更猛烈地打颤，
那发黑的眼睛也不敢抬一抬：
她满腔燃烧着爱情的火焰，
只感到窒息和天旋地转；
她没听到两朋友的祝福，
只在眸子里滚动着泪珠；
这可怜的人儿摇摇晃晃，
眼看着就要晕倒下去，

但是她竭力把握住自己，
靠着意志和理性的力量。
她从牙缝里挤出两句话，
勉强支撑着在餐桌旁坐下。

三一

叶甫盖尼早已无法面对
这种神经质的悲剧性场面，
以及姑娘的昏厥和眼泪：
对这些他感到极为厌烦。
这怪人想不到会碰上盛筵，
心中已经来了气，又看见
痛苦的姑娘这阵阵的战栗，
他垂下眼睛感到好憋气，
他满脸愠色，愤愤地发誓，
要对连斯基好好地报复，
要气得他发疯，叫他吃点苦。
现在且先来庆祝自己的胜利，
于是他把那些客人的尊容
一一在心里描摹了一通。

三二

自然不止叶甫盖尼一个人
看到达尼亚心头的慌乱，

但那时大家的注意力和评论
都集中在油腻的馅饼上面
(可惜这馅饼做得太咸),
而且在烤肉和杏仁冻之间
已经端上齐姆良葡萄酒,
全用树脂密封着瓶口;
接着是一排高脚杯,细细长长,
宛如你那纤细的柳腰,
吉吉[1],我心中隐秘的珍宝,
我纯洁诗篇歌咏的对象,
叫人神魂颠倒的爱情之杯,
你曾叫我几次陶然沉醉!

三三

潮湿的瓶塞从瓶中拔脱,
酒瓶啪地响了一声,美酒
咝咝地冒出泡沫;特里克
早想献歌一曲,他挺胸昂首
站了起来,所有的客人
立即停下杯盏,全场鸦雀无声。
达吉雅娜已是昏昏沉沉,
特里克手拿歌谱向她转过身。
他唱起歌,调子全走样,

① 指叶芙普拉克茜娅·沃尔夫,普希金的朋友阿·尼·沃尔夫的妹妹。

大家都拍手，喝彩叫绝，
达吉雅娜只得向他行礼致谢；
这诗人虽伟大，却很温良，
他首先干杯祝她康健，
还把那歌谱送给她留念。

三四

来客纷纷表示问候和祝贺，
达吉雅娜轮番向大家表示谢意。
轮到回应叶甫盖尼的时刻，
这少女那无精打采的样子，
她那尴尬和疲惫的神情，
都使他心中顿生怜悯：
他默默地向她鞠躬致意，
他的眼神却温柔得出奇。
是她真的触动了他的心弦，
还是他故作姿态把她戏弄，
是无意中露出这种神情，
还是出于真心和意愿，
但这眼神表达的是一番柔情，
使达尼亚的心感到振奋。

三五

大家都轰然推开坐椅，

接着人群拥进了客厅，
犹如蜂群从甜蜜的蜂箱里
嗡嗡地飞向庄稼地的情景。
对这次盛筵大家都满意，
芳邻们面对面坐着喘气；
太太们扎堆坐在壁炉旁，
姑娘们到角落里细诉衷肠；
铺好一张张绿色的牌桌，
波士顿和龙勃勒①，老头们最欢喜，
在招呼着心急火燎的牌迷，
还有颇为时兴的惠斯特，
这都是些彼此相似的货色，
是令人苦恼的无聊的产儿。

三六

惠斯特已经打完八局，

① 波士顿和龙勃勒都是牌戏。

好汉们的坐位已八次轮换；
仆人送来了各种茶食。
我喜欢用正餐、茶点和晚餐
来说明一天里的各个时辰，
在乡村里我们确定时分
本来就不须手忙脚乱，
肚子准确得如钟表一般；
我顺便在这里来说一说，
在我的诗篇里我的谈论
是那么经常提到宴饮，
以及各种美酒和吃喝，
就像你神秘的荷马一样，
你是三十个世纪的偶像！

三七　三八　三九

但是茶点端上来了，姑娘们
刚刚斯文地拿起茶碟子，
突然长厅的门后响起了乐音，
那是悠扬的巴松管和长笛。
这闻名周围城镇的帕里斯[①]，
为这如雷的音乐而惊喜，
彼杜什科夫放下掺甜酒的浓茶，
径直走向少女奥丽加；

① 希腊神话中的特洛伊王子，此处指美男子。

连斯基去邀请达吉雅娜，
哈利科娃这待字已久的老处女
被那坦波夫诗人请去，
布雅诺夫拉走了普斯嘉科娃，
大家一窝蜂拥进舞厅，
舞会光彩夺目地进行。

四〇

在我这部小说的开篇
（请你参阅本书第一章），
我本想模仿阿尔巴尼[1]的画面，
描绘一下彼得堡舞会的辉煌；
但我常喜欢胡思乱想，
总沉迷于回顾那动人的景象，
熟悉淑女的秀足常令我沉醉。

① 阿尔巴尼（1578—1660），意大利画家。

啊，秀足，你那纤巧的足迹
总让我忘情地想入非非！
有鉴于青春时代的放诞，
如今我应该迷途知返，
在处事和文体上幡然改悔，
因此在这第五章的故事里，
我不再写那些抒情插笔。

四一

虽然疯狂却毫不新鲜，
像青春时代生活的旋风，
喧闹的华尔兹旋风在飞转，
舞伴一对对掠过大厅。
报复的时刻渐渐临近，
奥涅金暗地里冷笑一声，
他走向奥丽加，立即和她步入
舞场，面对着宾客翩翩起舞，
然后让她坐下稍事休息，
和她天南地北闲扯一通，
这样约莫过了两分钟，
又继续和她跳起华尔兹；
所有的客人都感到吃惊，
连斯基也不相信自己的眼睛。

四二

响起了玛祖卡舞曲，从前
当玛祖卡轰鸣的时候，
大厅里的一切都不住地震颤，
地板在鞋跟下也索索发抖，
窗户震动着，当啷啷直响；
可现在不一样，我们都像
淑女们那样在地板上滑行。
但是在城镇和所有的乡村，
玛祖卡舞还是保留着原本
全部的妙趣和原始的风味：
单脚跳、脚跟舞，还有捻胡须。
有害的时髦风气——我们的暴君，
当今新派俄国人的毛病，
都丝毫没有改变它的遗风。

四三　四四

我那布雅诺夫老弟，古道热肠，
把达吉雅娜和奥丽加姐妹俩
带到我们的主人公身旁，
奥涅金立即带走了奥丽加；
他俯身温情脉脉地对着她
轻声说些庸俗的恭维话，
带着她随意地翩翩起舞，

还把她的小手紧紧地握住——
她那爱慕虚荣的脸蛋上
浮起的红云愈加鲜艳，
这一切我的连斯基都看见，
他愤怒，不能自制，满腔
怒火，等到玛祖卡舞结束，
诗人便去约她跳科奇里翁舞。

四五

但是她不能。不能？怎么回事？
因为奥丽加已经答应过
奥涅金的邀请，啊，上帝，上帝！
他听见了什么？她竟会做……
这可能吗？刚步入青春妙龄
就会卖俏，真是杨花水性！
她已经懂得招摇撞骗，
已经学会了无情翻脸！

连斯基受不了这样的挫伤，
他诅咒女人的任性调皮，
他走出去，要了他的坐骑
就奔驰而去。一对手枪，
两颗子弹——不用多费劲——
就能立即把他的命运决定。

第六章

在那白昼阴暗而短促的地方，
生存着不感到死亡痛苦的种族。
——彼特拉克①

一

发现弗拉基米尔已悄然离开，
奥涅金又感到索然无味，
他在奥丽加身旁沉思起来，
对自己的报复颇为陶醉。
奥莲卡也跟着打起呵欠，
她寻找连斯基，往四面察看，
这科奇里翁舞长得不知消歇，
像梦魇搅得她精疲力竭。
舞会结束了，接着是晚餐。

① 原文为意大利语。

给客人们一一铺好了床，
就寝的地方从进屋的门廊
直延伸到使女们居住的房间。
大家都想安静地睡下，
唯有奥涅金独自回了家。

二

所有的人都沉入梦乡：客厅里
肥胖的普斯嘉科夫打着呼噜，
身旁是他那肥胖的老妻。
格伏兹金、布雅诺夫、彼杜什科夫，
和弗里亚诺夫（他身体欠安），
一起在饭厅的椅子上安眠，
特里克先生在地板上睡觉，
他身穿绒毛衫，戴着旧睡帽。
在达吉雅娜姐妹的闺房里，
少女们做着甜蜜的美梦，
只有可怜的达吉雅娜孤苦伶仃，
黯然神伤在窗前伫立，
她被狄安娜的光华照亮，
呆呆地对着幽暗的田野凝望。

三

他那出人意料的来访，

眼睛里刹那间流露的柔情，
和奥丽加在一起时的古怪反常，
都深深地渗入她的心中；
她左思右想都无法明了
他的行为，一种妒意的烦恼
不断扰乱着她的方寸，
犹如一只冰冷的手揪住她的心，
她脚下仿佛有一道深渊
一直在喧闹，变得愈加漆黑……
达尼亚心里想："我定会毁灭，
但为他而死我心甘情愿。
我决不抱怨：为什么要抱怨？
他本来就不能给我幸福美满。"

四

说下去，说下去，我的故事！
一个新人物在招呼我们。
离开连斯基居住的庄子——
红山村五里路外有一个乡村，
荒凉偏僻，适宜哲人隐居，
住着一个仍健在的扎烈茨基，
从前他是个蛮横的暴徒，
赌窟黑帮里面的头目，
浪子的首领，在酒馆里高谈阔论，
可现在变得朴实而善良，

是个光棍家庭的户长，
温和的地主，可靠的友人，
还是个相当正直的人物：
我们的时代在不断进步！

五

从前，有些人喜欢奉承捧场，
曾经夸奖过他的蛮勇：
确实，在五丈①以外他用手枪
瞄准纸牌的爱司能百发百中。
说来也不奇怪，他在战斗中
有一次竟然杀得来了劲，
大显身手，表现出他的勇敢，
从卡尔梅克战马上滚下泥潭，
如同醉汉，他成了法国人的俘虏；
一件难得的宝贵抵押品！
这当代的莱古路斯②，名誉之神，
宁愿随时做一个囚徒，
只要每天清晨能在维拉酒楼[37]
赊账灌下三大瓶老酒。

---

① 指俄丈，1 俄丈等于 2.134 米。
② 莱古路斯，公元前三世纪罗马名将，被迦太基俘虏。迦太基派他到罗马求和，并约定如罗马不接受和议，他必须返回迦太基做俘虏。他回到罗马，仍竭力主战，并遵守诺言返回迦太基，在那里遇害。

六

从前，他经常拿别人开心，
他会愚弄某一个傻瓜，
也会巧妙地蒙骗聪明人，
有时是当面，有时暗中要滑，
虽然他对别人的戏弄，
并非没经受教训的惨痛，
虽然他自己也曾经上当，
就像一个傻里傻气的笨蛋，
他还是会跟人快乐地辩论，
时而俏皮时而愚蠢地反驳，
有时他精明地保持沉默，
有时又精明地与人斗狠，
他会挑唆年轻的朋友，
把他们双双送去决斗。

七

或者让他们握手言欢，
以便三人去吃喝一顿，
然后暗中编些笑话和谎言，
把他们说得不值分文。
但是时过境迁！①那豪勇

① 原文为拉丁语。

(正如另一种游戏——爱情的梦)
已和蓬勃的青春一起逝去。
就像我说过的，扎烈茨基
终于从生活的暴风雨中躲开，
在稠李和洋槐的浓荫下隐居，
如同看破红尘的明智之士，
他像贺拉斯一样，种种白菜，
喂养一大群鹅鸭家禽，
教孩子读读识字课本。

八

他并不愚蠢，而我的叶甫盖尼
虽然并不欣赏他的为人，
却喜欢他评断事物时的睿智
和对各种问题的清醒谈论。
叶甫盖尼和他素有来往，
和他见面也很是欢畅，
这次见他一早就到来，
并不感到有任何意外。
对方和他寒暄了一阵，
就戛然打断开头的话题，
喜笑颜开，说明了来意，
把诗人的便笺递给奥涅金。
奥涅金走到窗口前面，
默默地读完了这封便笺。

九

那是挑战书，一个简短的要求，
客气而高尚，又称为战书：
连斯基请他的朋友去决斗，
写得恭敬、冷峻又清楚。
看罢信，奥涅金不假思索，
转身对着受委托的使者，
没有二话，干脆地应对，
回答：他随时准备奉陪。
扎烈茨基站起来，不再解释，
说他不想在这里耽搁，
家里还有事情一大摞，
他立即告辞，剩下叶甫盖尼，
一个人对着自己的良心，
为自己的行为深深地悔恨。

一〇

理应作一次严格的反省，
他暗自对自己进行了审判，
多方谴责自己的言行，
首先是自己有失检点，
昨晚他那么轻率地戏弄
他们那怯生生的甜蜜恋情。

其次，就让那诗人去做点傻事吧，
他还是一个十八岁的小伙子呀，
他的行为应该得到原宥。
叶甫盖尼满心喜爱这青年，
不应该任凭世俗的成见
把自己变成可玩弄的皮球，
不应该像个火爆的孩子和狂徒，
而应该做个正直明达的大丈夫。

一一

他本来应该表现出友情，
而不必如此冲动，像头野兽；
他应该好言相劝，让这年轻的心
恢复平静。“但这个时候
已为时太晚，时机尽失……
而且，”他想，“这件不幸的事
还有那决斗的老手在搅和；
他恶毒，会造谣，还爱嚼舌……
当然，对他那些无聊的品评，
只需以轻蔑作为回答，
但愚人的窃窃私议和笑骂……”
瞧吧，这就是社会舆论！[38]
名誉都值得我们尊崇！
地球就是靠着它转动！

一二

诗人心中沸腾着敌意，
在家里焦急地等待着回音，
瞧吧，那能说会道的邻居
已经得意地带回了口信。
现在这个妒汉真是乐开了怀，
他一直在担心，生怕那无赖
用一句笑话敷衍过去，
想出个什么狡黠的主意，
让胸膛从他的枪口上避开。
现在所有的疑虑都已消散，
明天早晨在黎明之前，
他们都要赶到磨坊外，
面对面扳起手枪的扳机，
瞄准对方的鬓角或大腿。

一三

他对这轻佻女人仍满怀仇怨，
心情激动的连斯基不想
在决斗之前和奥丽加见面，
他看看怀表又看看太阳，
他终于还是把手一摆，
来到这家芳邻的邸宅。
他想让奥莲卡感到难堪，

以突然来访让她感到震撼；
可是想不到：像从前一样，
奥莲卡跳下门前的台阶，
热情地将可怜的诗人迎接，
犹如一个漂浮不定的希望，
她活泼、快乐、无忧无虑，
还像原来那可爱的少女。

一四

“昨晚为什么那么早就走掉？”
奥莲卡首先提出一个问题。
连斯基默默地低下他的头，
他心里真是百感交集。
面对着这晶莹闪亮的目光，
面对着这天真无邪的姑娘，
面对着这活泼快乐的心灵，
妒忌和恼怒已经没了踪影！……
他甜蜜地望着她，柔情满怀，
他感到，这少女仍爱他如初，
他深深为悔恨而感到痛苦，
想要恳求这少女的宽贷，
他战栗着，无法表达此刻的心情，
他感到幸福，几乎恢复了平静……

一五　一六　一七

他垂头丧气，又陷入沉思，
在心爱的奥丽加面前站定，
弗拉基米尔再也没有勇气
对她提起昨天的事情；
他想："我必须把她拯救。
绝不能放任那个骗子手
用那叹息和恭维的火焰
去扰乱年轻姑娘的心坎；
不能让那条可鄙的毒虫
咬坏纯洁百合花的嫩芽：
这朵初放两个早晨的小花
不能让它就这样凋零。"
这一切都明白说明，朋友们：
我必须去决斗，同我的友人。

一八

假如他知道，什么样的伤痛
在烧灼着我那达吉雅娜的心！
假如达吉雅娜得知这事情，
假如她能够知道明晨
连斯基和叶甫盖尼两个朋友
就要为谁进入坟墓而争斗，
啊，也许她的爱心能做到

让两个朋友重归于好！
但是偏偏没有人知道
她的这份炽热的好心肠；
奥涅金对这事一声不响，
达吉雅娜只是暗自苦恼，
只有奶妈本能发现这冤仇，
可她没想到两朋友要决斗。

一九

整个晚上连斯基都心神不宁，
他一会儿忧愁，一会儿快乐，
但一个受到缪斯宠爱的人
总是这个样：他双眉紧锁，
心不在焉地面对着钢琴，
总反复弹奏着一组和音；
有时他注视一下奥丽加，
轻轻地问：我很幸福，是吗？
但天色已不早，应该告辞了，
他的心紧缩着，充满哀愁，
和年轻姑娘告别的时候，
他的心悲痛得几乎要碎了。
少女望了望他的面孔，
“您怎么啦？”“没什么。”他走出门厅。

二〇

回到家里，他把那对手枪
检查了一遍，又放回枪盒里，
于是他脱下外衣，借着烛光
打开一本席勒的诗集；
但是一种思绪萦绕不去，
哀愁的心灵并没有憩息，
奥丽加总是浮现在眼前，
是那样难以形容的娇艳。
弗拉基米尔合上了书本，
拿起鹅毛笔，他的诗篇
充满胡话，却情意绵绵，
它涓涓流泻，铿锵温润。
他高声朗读，诗情高昂，
像酩酊的杰尔维格[①]在酒宴上。

二一

连斯基的诗篇还完好无缺，
这是他偶然存在我身边的诗：
“我那青春的黄金般岁月，
你们在哪里，往哪里飞驰？
未来给我准备下什么？

---

① 杰尔维格（1798—1831），俄国诗人，普希金的朋友。

我的目光在枉然寻搜，
它还隐藏在浓重的黑暗中。
别找了，命运的法则很公正，
那枪弹会从我身旁飞过，
还是射中我，让我倒毙，
两者都好。是清醒或沉睡，
就要到来了，那命定的时刻。
操劳的白昼固然美好，
黑暗的来临也很美妙！

二二

“明天，朝霞的光芒将大放光明，
晴朗的白日闪耀出它的灿烂，
而我，也许将走进坟茔，
在它的神秘荫蔽下长眠，
那潺湲的厉司河水将吞噬
我这年轻诗人的记忆。
这世界将会把我遗忘，
但你会来吗，我美丽的姑娘，
你可会对着我这早逝的尸身
洒下热泪，想到：他曾和我热恋，
曾经对我一个人奉献
他那蓬勃生命的惨淡黎明！……
我真挚的朋友，我心爱的少女，
来吧，来吧，我是你的伴侣！……”

二三

他写得这样忧伤和阴暗，
(我们把这叫做浪漫主义，
虽然在这里我一点没看见
浪漫主义，但这有什么关系？)
在这晨光将要来临之时，
他终于把困倦的头低垂，
当他写到时髦的理想这字眼，
连斯基已挡不住袭来的困倦；
但是他刚刚为迷糊的睡意
所诱惑，正蒙眬进入梦乡，
那芳邻已走进寂静的书房，
大声呼喊，唤醒了连斯基：
“该起来了，已六点过了几分，
奥涅金一定在等着我们。”

二四

但是他错了，叶甫盖尼
这时还在做着深沉的梦。
浓重的夜色已变得清晰，
苏醒的公鸡正遇上金星。
奥涅金的睡梦仍很酣畅，
太阳已升到高高的天上，

轻飘的雪花闪烁在天际，
随风盘旋，但是叶甫盖尼
仍然懒懒地赖在床上，
梦神在他头上翱翔徘徊，
他终于从梦中醒了过来，
于是掀开两边的幔帐；
他一看，明白了时间已不早，
应该出门去会他的朋友。

二五

他急忙打铃。法国仆役
吉约很快跑到他身边，
给他拿来便鞋和晨衣，
还递给他一件贴身的衬衫。
奥涅金匆匆忙忙地更衣，
还吩咐仆人赶快收拾，
要仆人和他一起出门，
还把手枪盒子带上身。
轻便的雪橇准备停当，
他坐下，径直往磨坊飞奔。
一会儿就到了。他吩咐仆人
带上那致命的勒帕热[39]手枪
跟在他后面，把拉车的马
拴在野外的两棵橡树下。

二六

连斯基在堤坝旁靠上身子，
他早就等得很不耐烦，
这时那位农村里的机械师
扎烈茨基却在议论着磨盘。
奥涅金来了，表示了歉意。
“哪里啊，您的副手在哪里？”
扎烈茨基好不惊讶地问他。
在决斗上他守规矩，循古法，
由衷地喜爱正规的方式，
他可不允许随随便便
就这样把对手送上西天，
而必须讲究严格的规矩，
尊重自古以来的传统
(这一点他值得我们称颂）。

二七

“我的副手吗？”叶甫盖尼说道，
“就是他：我的朋友吉约先生[①]。
也许您不会反对他的效劳，
我想请他来给我作证，
虽然他没有什么名声，
可他无疑是个正直的人。”
扎烈茨基只把嘴唇咬咬。
于是奥涅金对着连斯基问道：
“可以开始吗？”“开始吧，请。”
弗拉基米尔回答，于是两对手
走到磨坊后。在远处的田头
扎烈茨基正和那正直的人
双方进行着重要的谈判，
两仇人对立着，垂下了眼睑。

二八

他们竟成了仇敌！多久以前
嗜血才导致他们的分手？
多久以前他们还如此投缘，
共同享受闲暇和珍馐，
交流着思想和事务？如今

① 原文为法语。

竟成了不共戴天的仇人，
仿佛在可怕难解的梦中，
他们彼此都冷酷无情
在无声处为对方筹划着毁灭……
趁现在还没有染红双手，
他们不是可以化敌为友？
不是可以和睦地分袂？
但上流社会的敌意很疯狂，
就怕面子上受到损伤。

二九

手枪都擦得锃亮晶莹，
小锤子敲着通条铮铮响。
子弹装入磨光的枪筒，
扳机第一次嚓一声扣上。
火药像一股灰白的细流
撒进手枪的火药池里头，
齿状的火石牢牢地装上。
那仆人吉约心里发慌，
呆呆地在一个树桩后站立。
两个仇人扔下了斗篷，
扎烈茨基以他的精明
走了三十二步，准确量好距离，
把两个朋友带到两旁，
每个人手里都拿好手枪。

三〇

“现在往前走吧。”

　　　　　　　　两个仇人
还没有瞄准，都那么冷酷，
用坚定的步伐，悄然无声，
不紧不慢向前跨了四步，
四个步子，向死亡行进，
这时叶甫盖尼没停止前行，
是他第一个默默无语
把自己那支手枪举起。
两个人又迈了五步，走向前方，
于是连斯基眯起了左眼，
也开始瞄准——这一瞬间，
奥涅金开枪了……终于敲响
那命定的丧钟：诗人没再吭声，
手中的火枪掉落在草坪。

三一

他轻轻用手捂住胸部，
倒下。他那黯淡的目光
表现的是死亡，而不是痛苦。
像一团雪球映着太阳，
他慢慢顺着山上的斜坡
滚下，闪耀着刺眼的光泽。

《叶甫盖尼·奥涅金》 И. Е. 列宾 绘　1899 年

身上突然感到一阵冰凉，
奥涅金奔到少年的身旁，
瞧着他，呼唤他……但无可奈何，
他已经死了，年轻的诗人
过早地把人生的归途走尽！
一阵风暴，这瑰丽的花朵
就在晨光熹微中凋谢，
这圣坛上的神火就这样熄灭！……

三二

他静静地躺着，他的前额
显出奇异的困倦的安详。
一颗子弹打穿他的胸廓，
鲜血冒着气在伤口流淌。
刚才仅仅在一瞬间之前，
这颗心还在搏动着灵感，
充满了仇恨、希望和爱情，
生命在欢跃，热血在沸腾，
可现在，像一座废弃的住宅，
屋里只有黑暗和死寂，
就这样永远沉静下去。
百叶窗关着，窗子涂得雪白。
屋里再也没有女主人，
她在哪里，天知道。已没了踪影。

三三

叫人称心的是用尖刻的讽刺诗
让那自作自受的仇人气恼，
叫人称心的是看见他尽管犟直
却不得不低下那好斗的犄角，
不由自主地照了照镜子，
却羞于承认那就是他自己；
更叫人称心的是，朋友们，此刻
他竟失声大叫："这就是我！"
还有更叫人称心的，那就是
默默为他备下他应得的棺材，
在按规定量好的距离之内
悄悄瞄准他苍白的脑门子；
然而送他到祖宗那里去，
未必会让您称心如意。

三四

怎么样，假如年轻的朋友
被您用手枪一下子打死，
只因为他神色傲慢，回话荒谬，
或者为一点点区区小事，
在酒后让您受到了侮辱，
甚至由于勃然发作的恼怒，
骄横地要求您和他决斗，

《叶甫盖尼 · 奥涅金》 И. Е. 列宾 绘 1901 年

请您说说，当他横尸地头，
身子已渐渐变得僵硬，
死神在他的额头上显现，
当他对于您绝望的呼唤，
既听不见也不能回应，
在这一时刻您的心里头
该是怎样的一种感受？

三五

受到内心谴责不胜郁悒，
手中紧紧握着那把火枪，
叶甫盖尼呆呆凝视着连斯基，
“怎么？打死了。”邻居断然开腔。
打死了！这声可怕的叫喊
使奥涅金震惊，他浑身打颤，
跑去呼叫人们来料理。
扎烈茨基将那冰冷的尸体
小心翼翼抬到雪橇上，
带着这可怕的宝物回村里。
马儿闻到死人的气味，
打着响鼻，焦躁地蹦跳发狂，
白沫将钢铁的马嚼濡湿，
雪橇箭一般飞驰而去。

三六

我的朋友，你们都怜惜诗人：
在欢乐的希望正待实现的时光，
他还没有为世人实现它们，
几乎才刚刚脱下童装，
就凋萎了！如今那热切的激情，
那青春时代高尚的憧憬，
年轻人的崇高感情和思想，
既温柔又大胆，究在何方？
还有对爱情的热烈渴望，
对知识和未来事业的预期，
对恶习和耻辱的畏惧，
以及心中隐秘的梦想，
以及非人间生活的幻影，
神圣诗篇的梦境，又何处追寻！

三七

也许他是为世界的福祉而生，
至少会获得崇高的声誉，
也许，他那已经沉寂的诗琴
本能奏出名扬千古的乐曲，
铿锵地鸣响，不绝如缕，
等待着这位诗人的也许是
社会等级中最高的地位。

但他的阴魂，尝够人间的况味，
可能已随着他的逝去
带走了神圣的奥秘，对于我们
也沉寂了那鼓舞人生的声音。
时代的颂歌，万民的赞誉，
已不能超越那阴阳的界限，
悠悠传送到他的耳边。

三八　三九

也许是另外一种结局：
等待诗人的是平凡的一生。
青春岁月很快就逝去：
他心灵的热情也渐渐变冷。
在许多方面他起了变化，
断然和缪斯分手，成了家，
穿上厚厚的棉袍，在农村
戴上绿帽子，日子也过得称心；
他会明白生活的真谛，
四十岁年纪就患上痛风病，
吃喝、无聊、发福、病魔缠身。
终会一病不起，在孩子、
哭哭啼啼的农妇和医生
围绕下默默地告别生命。

四〇

但是不管怎么说，读者阁下，
唉！我们这位年轻的情侣、
诗人、喜欢沉思的幻想家，
已经在朋友的手下倒毙！
有个地方：这充满灵感的诗人，
在他居住的农庄左近，
有两棵青松根须相连，
几条小溪蜿蜒在它下面，
它们都源自邻近的谷地。
牧人喜欢在那里歇脚，
割草的农妇常来这荒郊
用丁当响的水罐往波浪里打水。
在溪水旁边，青松的浓荫里，
竖立着一块普通的墓碑。

四一

墓碑下面（当春天的雨雪
开始滋润田间的谷物）
有个牧人编着杂色的树皮鞋，
歌唱着伏尔加河上的渔夫；
有个城里的年轻女子
来这个乡村消磨夏日，
当她自个儿跨上一匹良骥，

在那广阔的田野上飞驰，
到了墓碑前她会勒住缰绳，
停下她胯下奔驰的骏马，
并且撩开帽子上的面纱，
用她灵活的双眸聚精会神
读起墓碑上朴素的碑铭，
泪水将模糊她柔情的眼睛。

四二

于是她在旷野上缓缓骑行，
完全沉浸于种种想象，
她心中只想着连斯基的命运，
不由自主做着各种猜想。
她在想："奥丽加如今怎么样？
她心中是否还久久悲伤，
还是很快就停止了痛哭？
而她的姐姐眼下在何处？
那个逃避人群和社会的人，
那时髦美人们的时髦对头，
那杀害年轻诗人的凶手，
那忧郁的怪人，如今在何处隐身？"
随着时光的流逝，这一切
我将在以后为您详细分解。

四三

但不是现在。虽然我真心实意
喜爱我这小说里的主人公，
虽然我会回头讲他的故事，
但现在我不想揭示他的人生，
年纪叫我去写枯燥的散文，
年纪强使我放弃淘气的诗韵，
而我也承认——虽然不免叹息，
再要写韵文，我已懒得动笔。
我的笔没有了从前的兴致
去飞快地涂写一页页纸张；
另外一些冷静的遐想，
另外一些恼人的忧虑，
在社交场上的喧嚣里，在寂静中
都扰乱着我心灵的幻梦。

四四

我听到另一些愿望的呼吁，
我感受到了新的哀伤；
对于愿望我早已不存希冀，
而旧日的哀伤却让我惆怅。
幻想，幻想！哪儿有你的欢欣？

你在哪里啊，和它押韵的青春[①]？
难道说它的花冠终于
真正永远凋敝，永远凋敝？
难道说我的生命之阳春
还没有写出动人心弦的哀诗
（从前我在戏言中常谈及此事），
就实实在在地飞快消殒？
难道说它真的一去不复返？
难道说我已快活到三十年？

四五

就这样，我进入了中年，我知道，
在这一点上我必须承认。
但随它去吧，让我们友好分手，
啊，我那无忧无虑的青春！
感谢你给了我种种欢乐，
给了我忧伤和甜蜜的折磨，
给了我嬉闹、风暴和宴饮，
给了我一切一切的馈赠，
感谢你。无论在惊涛骇浪中，
还是在安谧宁静的时刻，
我都充分享受了你给我的欢乐。
够了！如今我怀着爽朗的心情，

---

① 俄语中“青春”（младость）和“欢欣”（сладость）押韵，此处指相互关系。

准备走向全新的天地，
告别已往的生活，稍事休息。

四六

请让我回首看一眼。别了，浓荫。
在僻静的山村中，浓荫下面，
流逝了我的岁月，它充满了热情、
慵懒和心灵联翩的梦幻。
而你啊，生机蓬勃的灵感，
请你激起我的万千想象，
请你活跃我困倦的心神，
频频飞临我栖身的家门，
别让诗人的心变得冰冷，
别让它变得冷漠残忍，
终于，我的亲爱的朋友们，
在社交界令人迷醉的作乐中，
在我们游乐其中的泥潭里，
变成冥顽不化的岩石。[40]

第七章

莫斯科，俄罗斯的掌上明珠，
哪里有可以和你媲美的地方？

——德米特里耶夫

怎么能不爱亲爱的莫斯科？

——巴拉登斯基

指摘莫斯科！表明你见过世面！
哪里比它更美好？
除非是我们不存在的地方。

——格里鲍耶陀夫

一

明媚的春光来向积雪问候，
催促着它们从四周的峰峦上
化成一股股浑浊的细流，
奔往春水泛滥的牧场。
大自然现出明媚的笑容，

在梦中迎接一年的黎明；
天穹放射着蓝莹莹的光芒。
树林更显得清朗透亮，
仿佛嫩绿的羽绒一片。
蜜蜂飞出蜡质的蜂房，
去将田野的贡物寻访。
山谷干了，野花缤纷烂漫；
畜群喧闹着，静谧的夜晚
已经有夜莺在纵情鸣啭。

二

你的来临勾起我多少惆怅，
春天，春天！恋爱的季节！
怎样的懒懒的波浪正激荡
我的心灵和我的血液！
在乡村静谧的怀抱里面，
我怀着沉重的伤痛，柔肠百转，
去享受习习春风的爱抚，
当它在我的脸上轻轻地吹拂！
是不是我和快乐没有缘分，
那让人欣喜、奋发的一切，
那欢腾、大放异彩的一切，
只能给我早已消沉的灵魂
带来愁闷、悲伤和磨难，
它面前只有黑暗一片。

三

或许是，看到秋天凋零的树叶
又勃然萌生，我们并不欣喜，
听到树林又喧闹欢跃，
我们又忆起沉痛的损失；
或许是，我们心头本已彷徨，
看到大自然又重新郁郁苍苍，
不由得想到凋萎的青春少年
就这样流水般一去不返？
也许，在诗意盎然的梦中
某一个往昔春天的日子
又翩翩浮现在我们的脑际，
并且因梦想着远方的胜境，
梦想着奇妙的夜晚、月色朦胧……
我们的心儿又怦然跃动。

四

这正是时候，善良的懒汉，
快乐的伊壁鸠鲁主义的哲人，
你们，内心平静的幸运少年，
你们，列夫申[41]学派的门生，
你们，乡下的普里阿摩斯①

① 希腊神话中特洛伊的最后一个国王，子女众多。此处指地主。

还有你们，多愁善感的淑女，
春天在召唤你们去乡村，
这是春暖花开和劳作的时令，
这季节适合怡人的游乐，
这季节有着迷人的夜晚。
到田野去吧，朋友！快点，快点，
乘上载得沉甸甸的马车，
驾上自家的役马或驿马，
迤逦驶出县城的关卡。

五

还有您，我厚意的读者先生，
乘上国外订购的马车，
离开扰攘不休的县城——
整个冬天您都在那里行乐；
请跟我那任性的缪斯一道，
我们去听听槲树林的喧闹，
在乡下林边有一条无名小溪，
小溪的边上我的叶甫盖尼，
那位悠闲而郁悒的隐士，
不久前的冬天曾在这里住下，
他和我那位可爱的女幻想家、
年轻的达尼亚做过邻居，
可现在他已不住在这里……
留下的只有他忧闷的痕迹。

六

我们快到那里去，在那边
群山环抱中有一条小溪，
蜿蜒奔过葱茏的草原，
穿过椴树林向大河流去。
在那里，夜莺，春天的情郎
整夜地歌唱，野蔷薇怒放，
还能听见泉水的絮语，
那里有一块石头的墓碑，
在两棵苍劲老松的浓荫里，
碑铭向来客诉说因缘：
“弗拉基米尔·连斯基在此长眠，
他像个勇敢的人，过早地辞世，
在多少岁上，在某某年份。
安息吧，正当青春的诗人！”

七

在两棵松树低垂的树枝上，
在一座简朴的坟茔上边，
从前当清晨的微风送爽，
总会吹动一个神秘的花圈。
从前，在晚上空闲的时候，
总有两个少女来这里凭吊，
在朦胧月光下面的坟头上

拥抱在一起痛哭悲伤。
但如今……这个凄凉的孤坟
已被遗忘。早已听不见
常来的脚步声。枝头没有花圈，
只有那白发瘦弱的牧人
仍然在墓碑旁边歌唱，
编着粗劣的树皮鞋一双双。

八 九 一〇

我可怜的连斯基！她虽然伤悲，
却没有痛哭多少时候。
唉！这个妙龄的未婚妻
并没有保持多久的哀愁。
另一个人吸引了她的注意，
另一个人用充满情爱的颂辞
消除了她所遭受的苦难，
一个枪骑兵已令她迷恋，
一个枪骑兵已让她倾心如意……
于是两人双双走向神坛，
她羞人答答地戴着花冠，
低低垂着头在神坛前站立，
垂下的双眸闪耀着光辉，
唇边露出微微的笑意。

一一

我可怜的连斯基！在你的坟茔里，
在永世宁静的阴阳界那边，
悲哀的诗人，那负心的致命消息
是否曾让你感到难堪？
或者，安眠在厉司河边的诗人
享受着失去知觉的幸运，
一切都不能使他激动，
世界对他是虚无和沉静？……
是啊！正是冷漠的遗忘
在坟茔那边等待着我们。
仇敌、朋友和情人的声音
都突然沉寂，只有那一帮
气势汹汹的继承人正为田产
展开一场无耻的舌战。

一二

奥丽亚清脆的嗓音很快
就在拉林的家里沉寂。
枪骑兵无法对抗命运的主宰，
只能带着她返回军营去，
老太太挥泪告别爱女，
心中难过，哭得活来死去，
看样子，马上就要崩溃，

但达尼亚却哭不出眼泪；
她那悲痛欲绝的脸上
呈现的是死人一般的苍白。
当大家一起来到门廊外，
围在一对新人的马车旁，
告别着，乱糟糟忙个不停，
达吉雅娜也来给他们送行。

一三

她久久地凝望，目送着他们，
眼前仿佛隔着一层雾气……
剩下达吉雅娜孤零零一个人！
唉！她多少年来的伴侣，
她的稚气未脱的小鸽子，
她的亲密无间的知己，
已被命运带往遥远的他乡，
从此她们俩将天各一方。
她像个幽灵到处转悠，
有时往荒凉的花园望望……
无论在哪里都没有欢畅，
她无法排解自己的忧愁，
哪怕强行抑制汪汪的泪水，
悲哀已让她的心儿破碎。

一四

饱尝刻骨铭心的孤独感，
爱情更炽烈地烧灼她的心，
心儿更响亮地对她高喊
身在远方的奥涅金的姓名。
她已经无法再和他相见；
她应该对他怀着深深的仇怨，
这是杀害她妹夫的凶手；
诗人死了……但是这以后
再没有人会记得他，他的未婚妻
已经嫁给了另一个男人。
对诗人的记忆犹如烟云
将消散在蔚蓝色的天际，
也许还有两颗心在为他悲痛……
但这悲痛又有什么用？……

一五

已是傍晚时分，暮色苍茫，
河水静静地流，甲虫唧唧地叫，
村里的轮舞早已散了场；
河对岸，冒着烟，渔火在燃烧。
这时达吉雅娜独自一个人，
在自己的幻想中深深地沉浸，
她踏着溶溶的银色月光，

久久地漫步在空旷的田野上。
走啊，走啊。突然在面前
从山冈上看见一座地主的宅第，
山冈下有一片树林和村子，
潋滟的河边有一座花园。
她凝望着——于是她的心
在胸中跳得更快更猛。

一六

她犹豫不决，手足无措：
“是朝前走还是返回家里去？……
他不在。人家又不认识我……
去看看花园，看看这宅第。”
于是达吉雅娜走下山冈，
她呼吸急促，迟疑的目光
把四周慢慢环视了一遍……
便举步走进这空寂的庭院。
一群狗狂吠着向她扑来，
听到她这惊慌的叫声，
仆人家里的小孩成群
闹嚷嚷地跑过来。连打带踹，
孩子们竭力把看家狗赶走，
保护好小姐不受干扰。

一七

“能不能到主人屋里看看？”
达尼亚问道。孩子们立即
跑到阿妮西亚婆婆的房间，
向她讨取门上的钥匙；
阿妮西亚立即出来见客人，
当着她的面打开了房门，
达尼亚走进空荡荡的房间，
早先我们的主人公就住在这边。
她看到：一根遗忘的台球棒
就搁在大厅的球台上面，
皱巴巴的沙发上有一根马鞭。
达尼亚往前走，朝前望望；
“这儿是壁炉，”老婆婆告诉她，
“主人常在这儿消磨闲暇。”

一八

“这是我们的邻居，已故连斯基

冬天常和他吃饭的地方。
请您跟我一起来这里，
这儿就是少爷的书房；
他在这儿睡觉、喝咖啡，
听管家报告家中的杂事，
每天早晨还在这儿看书……
已故老爷也曾在这儿居住。
他常在礼拜天戴上眼镜
在窗口下面和我在一起
玩那捉傻瓜的纸牌游戏。
愿上帝拯救他的灵魂，
让他的遗骨在坟墓里安息，
在土地妈妈潮湿的怀抱里！”

一九

达吉雅娜细细察看周围，
她的目光饱含着深情，
一切她都感到那么珍贵，

一切都让她愁苦的心灵
感到半是痛苦半是欣喜：
放着熄灭灯盏的桌子，
一堆书籍，一张靠窗安放、
上面覆盖着毛毯的眠床，
窗外朦胧月色下的景物，
那不明不暗的凄清月光，
一帧拜伦勋爵的肖像，
一个带有生铁人像的立柱，
那人像双手交叉在胸前，
戴帽的额头神色阴暗①。

二〇

久久站在这年轻人的修道室，
达吉雅娜恰似着了魔一样，
但时候不早了，寒风吹起，
山谷里暗沉沉，雾蒙蒙的河岸上
小树林已经昏昏然入眠，
月亮藏到了山岭的后边，
这位前来朝圣的女香客
早就应该回自己的田舍。
于是她将心头的激动藏起，
不免深深地长叹一声，

① 这是拿破仑的塑像。

动身走上回家的路程。
但首先她还请求允许
让她再造访这空寂的庄院，
好单独在这里读读书刊。

二一

达吉雅娜在那大门外头
和女管家道别。过了一天
一大清早她又单独来到
这座被主人遗弃的庄院。
在那寂静无声的书房，
有一会儿她把一切都遗忘，
终于剩下她自己一个人，
于是她久久地痛哭了一阵。
后来她翻阅起那些书籍，
起初她没有看懂什么，
但是这些书籍的选择
却让她好奇，达吉雅娜亟亟
把这些书籍一一翻阅：
她眼前展开了另一个世界。

二二

虽然我们知道叶甫盖尼
很久以来就不喜欢读书，

然而也不排除某些书籍，
有几本著作他还是喜欢读：
《异教徒》和《唐璜》作者[①]的诗作，
此外还有两三本小说，
这些书都反映了它们的时代，
对于当时人物的心态
也表现得十分真实鲜明，
书中的人物都自私而冷峻，
有一个玩世不恭的灵魂，
整日价沉浸在幻想之中，
他们愤世嫉俗，满腔怨怼，
但是行动上却无所作为。

二三

许多书页上还很鲜明
保留着指甲划下的印记，
这位细心少女的眼睛
更热切地注视着这些痕迹。
达吉雅娜带着激动的战栗
看到哪些思想和评语
使得奥涅金如此感动，
他默默共鸣的是哪些内容。
在书页的白边她还看到

---

① 即英国诗人拜伦。

他用铅笔写下的眉批。
有的是打叉，有的是片言只字，
有的是小钩子——疑问的符号，
奥涅金到处都不知不觉
在表现自己内心的见解。

二四

于是，感谢上帝，我的达吉雅娜
现在心底里渐渐懂得
那不可抗拒的命运驱使她
为之倾心的是什么角色，
这问题她心里已更加分明：
这是个忧郁而危险的怪人，
是地狱的造物或天堂的宝贝，
是安琪儿或者傲岸的魔鬼，
他到底是什么？是某种仿制品，
一个微不足道的幽灵，
还是莫斯科人，披着哈罗德式斗篷，
异邦古怪念头的化身，
充斥时髦词汇的外语词典？……
难道是个拙劣的赝品在行骗？

二五

莫非她的谜已得到解答？

莫非找到了要找的那个词?
时间在飞逝，家里早在等着她，
可她却压根儿全然忘记。
家里光临了两位芳邻，
那里正在谈论她的婚姻。
“怎么办?达吉雅娜已不是孩子，”
老太太一边说一边叹着气，
“要知道，奥莲卡比她还小些。
得给姑娘找一个婆家，
真的，可我拿她有什么办法?
不管是谁家，她都断然拒绝:
不要。她整日里愁容满面，
老是一个人徘徊在树林间。”

二六

“她是不是在恋爱?”“谁让她爱上?
布雅诺夫来求婚，一无所得。
伊凡·彼杜什科夫结果也一样。
骠骑兵倍赫金来我家做客，
对达尼亚真是一见倾心，
向她献尽了多少殷勤!
我想，这下子也许大功告成，
哪有这种事!结果还不行。”
“老太太，何必为这事苦恼啊?
到莫斯科去，找待嫁姑娘的市场!

听说那里缺少的是姑娘。”
“噢，我的老爷，收入有限哪。”
“绰绰有余了，在那里过个冬天，
要不然，我借给你一点钱。”

二七

老太太确实非常欢迎
这个聪明而好心的建议，
她盘算了一番，立刻决定
前往莫斯科，就在这冬季，
达尼亚也了解到事情的原委。
让吹毛求疵的上流社会
评论外省人家的土气，
对他们惹人注目的举止，
他们过了时的服饰打扮
和不合时宜的谈吐加以贬责，
让莫斯科的公子哥儿和喀耳刻[①]
纷纷射来嘲笑的视线！……
噢，太可怕！不行，她觉得
还是在林间的荒村更安乐。

---

① 希腊神话中的美丽仙女，会巫术，常迷惑旅人。此处指时髦的小姐、太太们。

二八

熹微的曙光刚照临人间，
她就急匆匆奔向田野，
用那饱含深情的双眼
环视着田野，和它们告别：
“别了，我的宁静的山川，
你们，我的熟稔的峰峦，
你们，我的熟稔的树林，
别了，天穹的绚丽缤纷，
别了，欢乐闹嚷的大自然，
我将离开这亲切静谧的田野，
去到那浮华嘈杂的世界……
别了，还有你，我的自由安闲！
我为何要匆匆奔向那里？
命运会许给我什么结局？”

二九

她散步的时间越来越多，
一会儿是山冈，一会儿是河边，
它们用那绮丽的景色
让达吉雅娜不由得流连忘返。
她像跟多年的老朋友那样，
她还和那些丛林和牧场
匆匆地一一谈心细语。

但短暂的夏天飞一般过去，
接着是金色的秋天来临。
大自然颤抖着，变得凄清，
犹如精心装饰过的牺牲……
很快朔风驱卷着乌云，
使劲地刮着，尖声呼啸，
冬天那巫婆已经来到。

三〇

她来了，纷纷扬扬，洒向人间，
一绺绺挂在橡树的枝条上，
像一块块起伏不平的地毯
铺上了田野，缠绕着山冈。
她像一条松软的棉被
覆盖着河岸和冻结的流水；
冰雪在闪烁。我们都欢喜
冬天娘娘这顽皮的游戏。
只有那达尼亚愁肠百结，
她不去迎接这愁人的冬季，
也不去呼吸寒冽的空气，
不用那澡房顶上的初雪
擦洗脸蛋、双肩和胸脯，
达吉雅娜害怕冬天的路途。

三一

起程的日期早就错过，
最后的期限也快要过完；
长久弃置不用的轿车
重新检查整修了一遍。
行李很普通——三辆大篷车
装载着家用的一应家伙，
锅子、椅子、箱子几大件、
装在罐头里的果酱、床垫、
绒毛褥子和几笼公鸡，
以及瓦罐、脸盆等不一而足，
此外还有各种各样的财物，
于是仆人们聚拢在草屋里，
顿时人声鼎沸，为告别而哭泣，
院子里牵来了驽马十八匹。

三二

把驽马套上主人的轿车，
厨子们正在准备早餐，
篷车上行李像小山一座座，
婆娘们和车夫正吵个没完。
大胡子前导车夫亲自驭驾
浑身茸毛的瘦弱驽马，
仆人们都跑到大门旁边

来和主人们说声再见。
东家坐好了，尊贵的轿车往前赶，
缓缓地辘辘驶出了大门，
“别了，安谧宁静的山村！
别了，僻静幽寂的家园！
我还能看见你吗？……”达尼亚的眼泪
从双眸里涌出，像汩汩的流水。

三三

当我们把造福于人类的文明
向更为广阔的天地推展，
将来（按照哲学图表[①]的进程
还要经过整整五百年）
我们这个世界的道路
将发生很大变化，让举世瞩目：
在俄罗斯，哪怕是海角天涯，
都会有公路四通八达；
一座座彩虹般宽阔的铁桥
将跨越巨大宽广的天堑，
我们将搬走一座座高山，
在水底挖通惊人的隧道，
而在这受过洗礼的世界上，

① 哲学图表，据手稿判断，普希金系指法国统计学家萨尔·迪庞的《法国生产力与贸易》（1827）一书，书中提供了统计图表，说明欧洲各国，包括俄国在内的经济状况。

每个驿站都会有饭馆开张。

三四

现在我们的道路可是很糟， 42
年久失修的桥梁正在腐烂，
驿站上到处是臭虫和跳蚤，
一刻都不让人安生入眠；
饭馆找不到。在寒冷的茅屋里
还挂着价目表做做样子，
它枉然刺激着人们的胃口，
因为名目好听却无法吃饱，
而那些乡下的库克罗普斯①，
面对着微微燃烧的炉火，
将欧洲制造的轻巧进口货②，

① 希腊神话中的独眼巨人、铁匠。此处指农村铁匠。
② 指进口马车。

用俄罗斯的铁锤敲打修理，
嘴里还不断地歌功颂德，
称颂祖国大地上的水沟和车辙。

三五

然而在这寒冷的冬季，
旅行却是愉快而轻闲。
冬天的道路光滑平直，
像流行歌曲一样平板。
我们的车夫都机智麻利，
三驾马车也毫无倦意，
里程碑像栅栏一一掠过，
让悠闲的眼睛得到快乐。[43]
只是拉林娜饱受颠簸之苦，
因为老太太怕驿马费太贵，
驾车用的是自家的马匹；
可我们的少女为此一路
尝够了旅途愁人的枯寂：
他们走了七夜又七日。

三六

但已经很近了，目的地已到达，
眼前已呈现莫斯科白石的城垣，
古老教堂圆顶上的金十字架

闪耀得犹如烧红的煤炭。
啊，弟兄们，我真是欣喜若狂，
当这些花园、钟楼、教堂，
还有一座座宫殿呈半圆形
突然一下子映入我的眼睛！
在我饱尝生离死别的痛苦时，
在我经受的漂泊命运里，
莫斯科啊，我总是深深地怀念你！
莫斯科……在俄罗斯人的心底，
这个词包含着多少沧桑！
有多少心声在其中回荡！

三七

请看这就是著名的彼得宫[1]，
它四周环绕着葱茏的槲树林，
正阴沉地炫耀不久前的光荣。
拿破仑沉醉于最后的幸运，
他在等待莫斯科的屈膝，
献出古老克里姆林宫的钥匙；
然而他完全是白日做梦，
不，我的莫斯科仍岿然不动，
她没有低下请罪的头颅，

---

① 彼得宫建于叶卡捷琳娜二世统治时期。1812 年拿破仑入侵俄国时曾在这里住过，因此彼得宫成了法国皇帝“黯淡的荣耀的见证”。

她没有庆祝，也没有献礼欢迎，
她为这位焦躁的英雄
备下的是大火后的一片焦土。
他沉浸于深沉的思绪，从这儿
遥望那场令人丧胆的大火。

三八

别了，黯淡荣耀的见证，
彼得宫。怎么！可别停住，
走吧！已可见到城关上在闪动
白光的柱子。轿车正全速
驶过特维尔大街的沟坎。
旁边掠过岗亭和农家婆娘、
顽皮的儿童、杂货铺、街灯、
花园、修道院、华丽的皇宫、
几个布哈拉人、菜园、雪橇、

商人、简陋的草屋、农夫、
药房、出售时装的店铺、
高高的塔楼、哥萨克、林荫道、
阳台、狮子在大门旁看家、
停在十字架上的几只寒鸦。

三九　四〇

这次疲劳不堪的游览
延续了一两个钟头，轿车
这才拐进哈里顿教堂旁边
一条小巷，来到了一座
公馆前，在大门前面停泊。
她们到老姨母家里做客，
老太太患肺病已超过三春，
一个白发的卡尔梅克老人

戴着眼镜，穿着破长衫，
拿着袜子，给他们开了门。
公爵小姐在客厅里看到她们，
在沙发上高兴得大叫大喊。
两位老太太泪流满面，
又是紧紧拥抱，又是连声感叹。

四一

“小姐，我的天使！”“帕舍特[①]！”“阿丽娜！”
“谁能想到？多少年没来往！
亲爱的！表妹！多住些日子吗？
快坐下——多么难以想象！
真的，像小说里的一场佳话……”
“这是我的女儿，达吉雅娜。”
“啊，达尼亚！快过来让我看看——

① 原文为法语，拉林娜的法语名字。

我好像在梦里说话一般……
好妹妹，你还记得葛兰狄生吗？”
“哪个葛兰狄生？噢，葛兰狄生！
对，记得，记得。哪儿能找到这先生？”
“在莫斯科，西门修道院附近呀；
圣诞节前夕还来我这儿串门，
不久前才给儿子娶了亲。

四二

“而那个……这些事容以后再谈。
可不是吗？明天就让达尼亚
和她所有的亲戚见见面。
可惜要出门我已经不行啦，
我只能勉勉强强拖几步，
而你们一路上也委实辛苦；
我们还是去休息休息……
哎，浑身没劲，胸口好憋气……
就是高兴我也觉得累，
我的心肝……不仅仅是隐痛，
我这人已经完全不中用……
人一老活着就是光受罪……”
这会儿她已经累得有气无力，
又是连声咳嗽又流泪。

四三

这位病人的抚爱和快乐
虽然让达吉雅娜深受感动，
但她习惯于乡下的闺阁，
在新居里处处无所适从。
覆盖着丝绸做成的帐幔，
在生疏的床上她无法成眠，
早晨教堂的钟声响起，
一天繁忙工作的前奏曲，
催着她快快和眠床告别。
达尼亚靠着窗口坐下。
夜色渐渐消散，但是她
看不见乡下熟悉的田野：
在她面前是陌生的庭院、
马厩、厨房和长长的栅栏。

四四

于是达尼亚每天都被带往
各处亲戚家赴他们的家宴，
这个神思恍惚的姑娘
被领到老爷爷老太太们跟前。
对于这远道而来的亲戚
到处都表现出深情厚意，
捧上面包和盐，个个感叹惊讶。

“达尼亚都长这么大啦，
我领你洗礼仿佛在眼前？
我这样用双手把你抱着！
我这样揪过你的小耳朵！
我还喂过你吃蜜糖饼干！”
老太太们不约而同地说道：
“我们的日子过得像飞跑！”

四五

但他们并没有明显的变化，
一切都还保持着原样：
那位公爵小姐叶列娜姨妈，
网纱的压发帽还戴在头上；
鲁凯莉雅·里沃夫娜还是搽粉，
伊凡·彼得罗维奇还那么愚蠢，

柳鲍芙·彼得罗夫娜还喜欢瞎扯，
谢苗·彼得罗维奇还那么吝啬。
彼拉盖雅·尼古拉耶夫娜跟前
还是芬木希先生那个老朋友，
她家还是那丈夫，那小狗，
丈夫还是俱乐部的标准会员，
他还是那么重听和温顺，
吃喝还是顶得上两个人。

四六

他们的女儿拥抱了达尼亚。
这些莫斯科的美惠女神
起初默默端详着达吉雅娜，
把她从头到脚打量了一阵；
她们觉得她有点不可理解，
又是乡气又扭扭捏捏，
有点苍白还有点瘦弱，
不过总的来说还是很不错；
后来她们都顺从了天性，
带她到家里和她交朋友，
和她亲吻，亲切地拉手，
把她的头发卷成时髦发型，
还绘声绘色地向她畅叙
心头的秘密、少女的心事、

四七

别人和自己的种种得计、
希望、淘气的游戏和梦想。
天真的谈话滔滔如流水，
夹杂着拐弯抹角的诽谤。
后来她们柔情地要求她
也对她们说点知心话，
以报答她们的坦露隐私。
但是达尼亚好像在梦里，
她无心细听她们的家常，
她们的谈话她没听进去，
对于她自己心中的秘密、
充满眼泪和幸福的宝藏，
她都默默地加以保守，
不管对谁她都三缄其口。

四八

达吉雅娜想听听人们的谈话，
想听听大家在谈些什么；
但客厅里的谈话十分繁杂，
都是些庸俗的胡话，七拉八扯；
一切都那么平庸愚昧，
连造谣中伤都那么乏味；
谈话都枯燥，毫无意义，

在这些问话、诽谤和消息里
即使是无意中，即使是偶然间，
整天都看不到一星半点思想，
就是说笑话，也不能让人欢畅，
连暗淡的智慧之光也不曾闪现。
空虚无聊的上流社会，
连可笑的蠢话都遇不上一回。

四九

档案馆的青年[①]结成一帮，
总是冷眼瞧着达尼亚，
他们窃窃私议着这姑娘，
对她评头品足，恶语相加。
有一个小丑，神情忧郁，
把她看做理想的少女，
他把身子倚靠在门边，
为她把一首哀诗瞎编。
有一次在乏味的姨妈家里，
维亚泽姆斯基坐在达尼亚身边，
他的话深深渗入了她的心坎。
一个老头儿坐在近旁的位子，
注意到这姑娘，便边理着假发，
边打听这姑娘来自哪家。

① 指在莫斯科外交部档案馆工作的贵族青年。

五〇

但是在剧院，狂暴冲动，
墨尔波墨涅[①]正声嘶力竭地哀嚎，
对着那些冷淡的观众
舞动着她那华丽的宽袍，
那里塔利亚[②]正静静地打盹，
并不注意那友好的掌声，
只有忒尔西科瑞[③]的舞姿
引起年轻观众的痴迷
(在我和你们的那个年华，
情形往往和他们一样)，
从包厢和正厅的各个座位上
举着望远镜的时髦行家、
拿着长柄眼镜的妒忌太太们
都不曾留意过她的倩影。

五一

人们又带她到贵族俱乐部，
那里拥挤、杂乱又闷热，
音乐轰鸣，燃着辉煌的灯烛，
对对舞伴旋风般闪过。

---

① 希腊神话中的悲剧女神，指戏剧中的悲剧角色。
② 希腊神话中的喜剧女神，指戏剧中的喜剧角色。
③ 希腊神话中的舞蹈女神，指戏剧中的舞蹈演员。

美人儿轻柔飘逸的云裳，
挤满各色观众的长廊，
待嫁姑娘排成的半圆形，
这一切都激动着人们的感情。
有名的花花公子都来这里，
炫耀他们的无耻和坎肩，
用长柄眼镜随意东瞧西看，
度假的骠骑兵也不失时机
赶到这里，他们吵吵闹闹，
出风头、勾引娘儿们，然后溜掉。

五二

夜里有许多迷人的星星，
莫斯科有许多俊俏的美女，
但是在缥缈的蔚蓝色苍穹，
月亮比空中的群星更亮丽。
但是那个美人儿，我唯恐
用我的诗琴去把她惊动，
她就像仪态万方的月亮，
只有她在淑女们当中大放光芒。
她显出天庭般的雍容庄重，
像仙女飘飘降临人间！
那奇妙的眼神多么慵倦！……
她胸间充溢着多少柔情！
但是够了，够了，打住吧：

由于疯狂你已付出了代价。

五三

喧闹、哄笑、鞠躬和奔忙，
加洛普、玛祖卡、华尔兹……这时
在两姨妈中间，廊柱近旁，
没有受到任何人的注视，
达吉雅娜站着，视而不见，
她厌恶上流社会的纷乱，
在这里她感到气闷……她的心
飞向了田园生活的温馨，
飞向乡村、穷苦的老乡，
飞向那偏僻幽静的村落，
那奔流不息的清澈小河，
飞向她的小说和鲜花的芳香，
飞向椴树林荫道上的薄暮，
飞向他出现在她面前的小路。

五四

她的思绪在更远的地方游行，
忘记了热闹的舞会和世界，
这时有一位显赫的将军
正目不转睛地盯着这小姐。
两姨妈互相交换了个眼色，

往达尼亚身上动动胳膊，
两个人都对她的耳朵咬了咬：
“快点朝你的左边瞧一瞧。”
“左边？哪里？那里有什么？”
“看呀，不管怎么样，再看看……
在那一堆里，看见吗？前面，
那边有穿军装的人两个……
他走开了……现在正好侧着身……”
“谁呀？是那个胖胖的将军？”

五五

但是，让我们在这个诗章
祝贺可爱的达吉雅娜的胜利，
接着就拨正前进的方向，
我在歌唱谁，可不能忘记……
有关此事我用几句话开个头：

我歌唱一位年轻朋友
和他的无数奇思怪想。
请祝福我这长久的歌唱。
啊，你啊，主宰史诗的缪斯！
请给我一支可靠的手杖，
别让我走弯路迷失方向。
够了，得从肩上将包袱卸去！
我向古典主义表示敬意：
虽然太晚，但还有序曲。①

① 俄国十八世纪古典主义史诗，开头都有一段“我歌唱……”的序曲。普希金在这里讽刺古典主义的刻板公式。

第八章

别了，如果要永别，

那就永别吧。

——拜伦①

一

在皇村花园中度过的那些时辰，

我无忧无虑像鲜花开放，

我爱读阿普列乌斯②的作品，

却不阅读西塞罗③的文章；

那些日子在神秘的山谷中，

春光明媚，天鹅婉转啼鸣，

在波光潋滟的幽静湖滨，

---

① 原文为英语。

② 阿普列乌斯（约 124—约 170），古罗马作家、哲学家，作品有《变形记》等。

③ 西塞罗（前 106—前 43），古罗马奴隶主贵族政治家、折中主义哲学家。

缪斯翩翩在我心中降临。
我那间学生居住的斗室
蓦地充满光焰：缪斯在里面
摆开年轻人嬉戏的盛筵，
纵情歌唱儿时的欢愉、
我们古代历史上的光荣
和心中令人战栗的幻梦。

二

世界微笑着对她表示欢迎，
最初的成功令我们鼓舞，
杰尔查文老人①发现了我们，
古稀之年还为我们祝福。
. . . .
. . . .
. . . .
. . . .
. . . .
. . . .
. . . .
. . . .
. . . .

① 杰尔查文（1743—1816），俄国古典主义诗人。1815 年 1 月，普希金在一次皇村学校考试时朗诵了《皇村回忆》一诗，得到杰尔查文的称赞。

. . . .

三

而我将随心所欲的任性
视为自己唯一的法律，
为了和俗众交流感情，
我把机灵活泼的缪斯
带到酒宴和争吵的场所——
那是夜半巡警的灾祸；
于是她把礼物神采飞扬
带到他们疯狂的酒宴上；
为宾客频频干杯和歌唱，
她就像女酒神纵情嬉闹，
那些过去年代的年轻同好
追逐着她个个都像发了狂，
而我在众多的朋友当中
为轻狂的女友尽享豪情。①

四

但是我离开了他们的团体
奔向远方……她跟我形影相随。
为了不让我在旅途感到孤寂，

① 此节诗人自叙流放前在彼得堡的生活和创作。

温柔的缪斯总给予我安慰，①
对我讲述迷人的神秘故事！
她总是陪着我纵马奔驰，
在溶溶月光下像莱诺雷②一样，
和我徜徉在高加索的悬崖上！
她总是带着我在漆黑的夜晚，
来到塔夫里达③半岛的海滨，
谛听大海哗哗的喧阗、
涅瑞伊得斯④永不沉寂的絮谈、
波涛永恒的深沉合唱
和对造物主的虔诚礼赞。⑤

五

于是她忘记了遥远的京城、
那里的繁华和热闹的酒宴，
在凄凉的摩尔达维亚荒野中
她和那流浪民族亲密访谈，

---

① 这几行诗的草稿是：
　　但命运向我投来愤怒的视线，
　　把我带到远方……她跟我形影相随，
　　为了不让我在夜晚感到孤单
　　温柔的少女总给予我安慰，
② 德国诗人毕尔格（1747—1794）的叙事诗《莱诺雷》中的女主人公。
③ 克里米亚的古称。
④ 希腊神话中的海中仙女。
⑤ 在四、五两节诗中诗人继续描写自己的生活道路：流放南方，到高加索、克里米亚的旅行等。

造访了他们粗陋的篷帐，
在他们中间她变得粗犷，
为了那简朴而怪异的言语，
为了她喜爱的草原歌曲，
她竟至遗忘了诸神的语言……
蓦地周遭变得难以识别，①
她成了一位乡下小姐，
突然出现在我的花园，
眼睛里含着郁悒的沉思，
手里拿着法文小册子。

六

如今我第一次带着缪斯
出席社交界的盛大晚会②[44]，
我怀着嫉妒和羞怯注视
她那草原上特有的妩媚。
她穿过那密集的贵族官员、
军队里的花花公子、外交官
和高傲的命妇组成的人群，
静静地坐下，目不转睛，
欣赏大厅里的拥挤和喧阗，

---

① 这一行诗的草稿是：
　　但刮起了飓风，响起了霹雳。

② 原文为 раут，英语 rout 的俄语音译，意为嘈杂的人群、盛大交际会。详见原注。

一闪而过的时装和谈吐，
客人们如何风度翩翩慢步
走到年轻的主妇面前，
男人们如何围着太太们打转，
像黑色镜框里镶着图片。

七

她喜欢听寡头政治家的言谈，
那些有条有理的谈吐，
喜欢那平静而傲岸的冷淡——
官阶和年岁结合的产物。
但在这群精英中有个人，
他是谁，那么沉默而郁闷？
大家都觉得他与众不同，
像一串令人厌烦的幽灵，
人们在他面前来来回回，
怎么，他脸上流露的是忧郁，
还是饱经沧桑的傲气？
他为何在这里？他究竟是谁？
难道是叶甫盖尼？是他？是他。
难道他早就来到我们家？

八

“他依然故我还是变得安分？

是不是仍旧扮一个怪客？
告诉我，他回来时是什么身份？
对我们将扮演什么角色？
如今他是何许人？缪莫斯，
世界主义者，爱国志士，
哈罗德，伪君子，贵格会[①]教徒，
还是换上面具另一副，
也许他只是个普通的男子，
像您和我，所有社会界的同好，
至少要听听我的忠告：
对陈腐的时髦别再入迷。
这世界已受够他的把戏……”
“您认识他？”“说认识又不认识。”

九

“当你谈起这位年轻人
为什么对他如此严厉？
是因为我们喜欢无休止地议论，
对一切都加以百般挑剔；
是因为狂热的人都很自负，
对那自私而渺小的人物
总是加以侮辱或讽刺；
是因为智者爱自由而排斥异己；

① 基督教的一个教派，又称公谊会或教友派。

是因为我们经常喜欢
把闲谈当作正经事情，
蠢人总是浅薄而且蛮横；
是因为要人都喜爱呓语连篇；
是因为只有与世无争
才适合我们的智力而容忍？”

一〇

幸福的是，年轻时就像年轻人，
幸福的是，到一定年龄就成熟，
幸福的是，随着年岁的增进
能逐渐忍受人生的严酷；
他不迷醉于古怪的幻梦，
他不躲避社交界的俗众，
二十岁成了机灵的花花公子，
三十岁有了富有的家室，
私人和其他方面的债务，
他五十岁时候就能够摆脱，
他从容不迫地一一获得
名誉、官职和可观的财富，
说到他，人们总会反复说：
某某人是个杰出的角色。

一一

然而想来真叫人难过，
我们枉然赋有了青春，
我们糟蹋她在每时每刻，
而她也曾欺骗过我们；
我们那些美好的愿望，
我们那些光辉的理想，
就像秋天凋零的落叶，
很快就一一灰飞烟灭。
这生活真叫人难以忍受，
眼前是无休无止的饮宴，
对待生活像对待庆典，
跟在那彬彬有礼的人群后，
和他们既没有共同观点，
也没有什么共同的情感。

一二

谁能够忍受（您的感受也一样）
在冷冰冰的明达人中间
成为纷纷议论的对象，
被说成装模作样的怪汉，
或者是可悲的胡闹狂徒，
或者是魔鬼般的畸形怪物，
甚至是我笔下的那个恶魔。

奥涅金（我又来把他的故事叙说）
在决斗中打死了他的朋友，
他没有目标，无所事事，
白白混过二十六年日子，
在游手好闲中深感难受，
没有官职、家室和工作，
不管什么事他都不会做。

一三

他心中慌乱，总不得安宁，
想换个地方去消磨闲暇
（一种极其恼人的特性，
有些人自愿背上的十字架）。
他离开了自己居住的乡村，
那些田野和幽静的树林，
那里有个血淋淋的幽灵，
每天都跟他如影随形。
于是他任凭感情的支配，
开始了漫无目的的游历，
可是也像世上的万事，
旅行也让他感到乏味，
于是他回来了，就像恰茨基[①]，
下了航船就向舞会奔去。

① 格里鲍耶陀夫的喜剧《智慧生痛苦》的主人公。

一四

于是人群波动，都窃窃私议，
大厅里传遍悄悄的议论……
一位夫人向主妇缓缓走去，
她后面是一位显赫的将军。
她轻移脚步，神态悠闲，
既不冷淡，也不多言谈，
既不傲慢地睥睨众人，
也不想博取人们的赞美声；
她一点都不装模作样，
也不想效仿别人的举止，
她是那么沉静而朴实，
是一句法语的生动体现，
Du comme il faut……[①](对不起，
希什科夫[②]，我不知如何翻译。)

一五

太太们都朝她跟前涌动，
老太太们对她绽开笑脸，
男士们更恭敬地对她鞠躬，

① 法语，意为那么典雅端庄。
② 希什科夫（1754—1841），俄国作家，维护古俄语，反对引用外文。

捕捉着她那明眸的流转；
少女们从她面前小心翼翼
走过大厅，她那位伴侣，
和她一起走进来的将军，
昂首挺胸，目中全无众人。
谁也不能说她美如天仙，
但她的举止却优雅温文，
浑身上下都找不到在伦敦
上流社会狭隘的社交圈
被专制的时髦风气称为
vulgar[①] 的东西（我不能翻译……

一六

我很喜欢这个英文字，
但不能把它翻译成俄文，
它在我们这儿还很生僻，
未必会得到人们的承认。
写讽刺诗时它或许能引进……）。
还是来谈谈我们的夫人。
她娴雅秀丽，雍容可嘉，
那艳丽的妮娜·沃伦斯卡娅[②]
如克娄巴特拉出现在涅瓦河周围，

① 英语：俗气。
② 当时一个有名的美人。

和她并肩坐在餐桌的一边，
您一定会同意我的意见：
虽然她打扮得珠光宝气，
而且具有大理石般的丽质，
却不能胜过身旁的女士。

一七

“难道是她？”叶甫盖尼思忖，
“难道是她？但很像……不可能……
怎么！从那偏僻的乡村……”
他举起那讨人厌的长柄眼镜，
一刻不停地将她打量，
他依稀记起她的模样，
想起那已经淡忘的容貌。
“告诉我，公爵，你可知道，
那位戴紫红帽子的太太，
她正和西班牙大使聊天。”
公爵对着奥涅金看了看。
“噢，你阔别社交界有几载，
等一等，让我来介绍你认识。”
“她到底是谁？”“是我的妻子。”

一八

“这么说你结婚啦！我怎么不知道呀！

很久了吗？”“已一年有余。”
“夫人是谁？”“拉林娜。”“达吉雅娜！”
“你认识她？”“我是她家的邻居。”
“噢，那我们走吧。”公爵走向妻子，
同时把自己的这位亲戚
兼朋友带去和她相见，
公爵夫人对他看了一眼……
尽管她感到十分困惑，
尽管她心中是那么诧异，
尽管她是如此感到惊奇，
可是她仍旧不动声色：
她还保持着原来的仪态，
鞠躬仍显出娴雅的风采。

一九

真的，她一点没感到吃惊，
脸上也没有红一阵白一阵……
连眉毛也没有稍稍动一动，
她甚至没有咬一咬嘴唇。
虽然奥涅金看得那么仔细，
从前那个达吉雅娜的痕迹
他却不能从她身上找到，
他想要和她随便聊聊，
可是没有谈成。她只问，
他到这里有多久，从哪里来，

是不是来自老家那一带？
然后她倦怠地对她的夫君
看了一眼，便飘然离去……
而他则站在那儿呆若木鸡。

二〇

难道这就是那个达吉雅娜，
在我们这部小说的开头，
在那荒凉的遥远的乡下，
在他们单独见面的时候，
出于开导的热诚意愿，
他曾经对她进行过规劝，
这是她，他还保存着她的信，
在信里，她对他倾诉衷情，
一切都那么坦白而真诚，
这是那姑娘……还是梦寐？
这是那姑娘……当她处境卑微，
他曾经藐视过她的愚蒙，
而如今她竟然这样冷淡，
对待他竟这样大方坦然？

二一

他离开那个纷扰的晚会
独自沉思着回到家中，

幻想有时郁悒有时甜美，
扰乱了他深夜里的梦境。
醒来的时候，他收到一封信：
公爵恭敬地邀请他光临
他家的晚会。“上帝！到她家里！……
噢，是的，一定去，一定去！”
他草草回了封谦恭的信函。
他怎么啦？是在怪异的梦境！
在他那无情而倦怠的心灵中，
在蠢蠢蠕动的是什么情感，
恼怒？虚荣心？还是激动：
年轻人特有的烦恼——爱情？

二二

奥涅金又屈指数着钟点，
又焦躁地等待一天过尽。
终于钟敲了十下，他出了庭院，
飞奔向前；来到了公爵府大门。
他战战兢兢走向公爵夫人，
只看见达吉雅娜独自一人，
有几分钟他们在一起闷坐，
奥涅金变得笨嘴笨舌，
他是那么忧郁，坐立不安，
对于公爵夫人的问话，
他只是勉勉强强回答，

一个执拗的念头在脑中回转，
他执拗地望着她：可她
安坐在那里，从容而优雅。

二三

丈夫进来了。他打断了这场
令人尴尬的单独的谈话[①]，
他和奥涅金一起回想
当年的玩笑、胡闹和戏耍。
他们笑谈着，宾客陆续来到，
上流社会尖刻的玩笑
让他们的谈话更活泼生动；
在女主人面前，闲谈很轻松，
从来不愚蠢地装腔作势，
这些谈笑也常被打断，
穿插上并不俗气的评判，
不涉及永恒的真理，也无学究气，
他们那无拘无束的闲谈
从不夹杂不堪入耳的语言。

二四

可这里聚集着京城的精英，

① 原文为法语。

有显贵，也有时髦的标本、
到处可以遇到的面孔，
还有些必不可少的蠢人；
这里有些上年纪的女宾，
戴着压发帽和玫瑰，长相凶狠；
这里有几位妙龄少女，
脸上从来不带点笑意；
这里有一位公使，开口
总是离不开国家大事，
有一个老头，白发洒着香水，
总把陈年的笑话兜售，
他说得那么风趣和巧妙，
如今想来都有点可笑。

二五

这里有一位爱讽刺的绅士，
他对一切都感到愤愤不平：
对主人太甜的茶、太太们的俗气，
对男人们的举止和作风，
对某部晦涩小说的评论，
对杂志的撒谎和现行的战争，
对赐给两姐妹的花字金饰[1]，
对天要下雪和自己的妻子。

---

① 用帝王名字第一个字母组成的花样做成的金质饰品，在宫廷中作为奖赏。

. . . .

. . . .

. . . .

. . . .

. . . .

. . . .

二六

这儿有个普罗拉索夫，由于
灵魂的卑劣而臭名昭著，
在所有的纪念册上，圣-普里①，
把你的许多铅笔都画秃！
另一个舞会的主持人站在大门旁，
看起来犹如杂志上的画像，
脸红得像柳树节里的小天使②，
穿着紧身衣，站着默默无语，
还有个冒失的远方来客，
他穿着时髦，神情倨傲，
引起在座宾客的窃笑，
因为他的姿态都把人逗乐，
客人们都默默交换视线，
这是对他的共同评判。

① 圣-普里，法国漫画家。原文为法语。
② 柳树节在复活节前的星期日。小天使指集市上出售的玩偶。

二七

但我的奥涅金整个晚上
只关注着达吉雅娜一个人，
不是从前那怯生生的姑娘，
如此痴情、可怜和单纯，
而是冷淡的公爵夫人，
一位难以接近的女神，
高踞于繁华的涅瓦河岸上。
啊，人们哪！你们都活像
夏娃，那位人类的始祖，
赋予你们的，你们不相信，
而那蛇却在诱引着你们
去接近那棵神秘的果树，
让你们去尝尝那个禁果，
没有它在天堂你们也不快乐。

二八

达吉雅娜起了多大变化！
她那么坚定地进入了角色！
她那么迅速而练达地采纳
那套繁文缛礼去接待宾客！
作为这个客厅的女主人，
她雍容华贵、镇定沉稳，
谁能找出那多情少女的痕迹？

而他曾经激动过她的心曲!
经常，面对那漆黑的夜幕，
在梦神翩翩飞临之前，
她那处女的心曾对他苦苦思念，
她懒洋洋地对着明月举目，
幻想着有朝一日能同他相扶
走完这平凡的人生之路。

二九

不论老少都会堕入情网，
但是对于年轻纯洁的心，
爱恋的激情会带来欢畅，
它会像春雨把田野滋润：
在爱情的雨露中年轻的心
将变得健康、成熟、精神，
强大的生命力将会赋予它
甜美的果实和绚丽的鲜花。
但是在衰颓和迟暮年岁，
在我们渐入老境的时候，
残存的热情却令人发愁，
它会像寒秋的狂暴雨水，
把广阔的草场变成沼泽地，
把葳蕤的树林变成枯枝。

三〇

毫无疑问：唉！叶甫盖尼
像孩子一般爱上达吉雅娜，
他在爱恋中苦苦相思，
把无数白昼与黑夜打发。
不管理智的严厉谴责，
他每天都会驾着马车
来到她家大门和玻璃门厅，
跟在她身后如影随形；
他感到幸福的是：往她的双肩
披上她那毛皮的围巾，
或者怀着他那火热的心
触到她的手，或走在她前面，
挤开那群杂色的仆役，
或者为她把手帕拾起。

三一

不管他如何死乞白赖，
她只是一味装聋作哑。
在家里她从容将他接待，
会客时跟他说上几句话，
有时她鞠个躬和他敷衍，
有时压根儿只当没看见：
她从来不跟他嬉笑挑逗，

上流社会对此不能忍受。
奥涅金脸上渐带病容，
她不是没发现就是不理会，
奥涅金一天比一天憔悴，
险些儿害上倒霉的结核病。
大家都劝奥涅金去就医，
医生都劝他去温泉调理。

三二

可是他没去，他早就准备
写信给祖先，告诉他们
不久要见面；而达吉雅娜却不理会
那一套（请看，这就是女人）。
他那么执着，还不肯罢休，
他存着希望，仍苦苦追求；
他用那虚弱的手，扶着病体，
比一个健康人还大胆，执意
给公爵夫人写了封热情的信，
虽然他知道这是白费心机，
绝不会轻易打动她的心曲，
但是，他显然已无法强忍
心中剧烈难熬的苦闷。
下面就是他写的亲笔信。

奥涅金给达吉雅娜的信

我全预见到了，您一定会生气，
为我向您敞开这悲哀的心扉，
您那高傲的目光一定会
露出多么令人痛苦的蔑视！
我还求什么？怀着什么目的，
向您吐露心中的奥秘？
也许这只能向您送去
一个让您幸灾乐祸的话题！

当年我们曾萍水相逢，
在您眼中我发现柔情的火星，
可是我不敢相信这份娇柔，
却强把那美好的习性抑制；
独身生活虽令人厌弃，
但我不愿意失去自由。
还有一件事让我们离别……
连斯基不幸离开了人世……
从此凡是我心爱的一切
我都断然从心中割弃；
我遗世独立，无牵无挂，
我自忖：让我拿幸福去换取
自由和宁静。可是我的上帝！
我铸成了大错，受到了惩罚……

不，时时刻刻地看到您，
处处跟随着您的足迹，
用我落入情网的眼睛
捕捉您明眸的流转和笑意，
久久地聆听您的言谈，
用心灵领略您的完美，
在您面前甘心受磨难，
憔悴、殒灭……这才是福气！

可我没有福分与您相随：
为了您我到处奔波折腾，
每一天每小时都那么珍贵，
可我仍在徒然的想念中
耗费命运为我规定的时限，
而度过这时日却如此艰难。
我知道：我的大限已快来临，
但为了让我的生命得以拖延，
早晨我必须坚定地相信
这一天我定会和您相见……

我担心：您那严峻的目光
会在我谦卑的恳求里发现
什么可鄙和狡诈的妄想——
而我将听见您愤怒的责难。
您怎能知道，忍受爱情的饥渴，
这样的煎熬是多么可怕，

心儿在燃烧——却要时刻
用理智把激情强行按捺。
我多么想抱住您的双膝
痛哭一场，在您的脚下
倾吐我的恳求、心迹和怨气，
说出我所能说出的知心话，
可我却必须故作冷淡，
让言谈和神色显得文雅，
进行镇静自如的谈话，
用欢乐的目光望着您的容颜！……

　但是随它去吧；我再也无力
抗拒自己炽热的感情，
一切都决定了，我把自己的命运
交到您手里，由您处置。

三三

没有答复，他又把一封信寄发，
第二封第三封仍没有回音。
有一天他乘上马车去参加
朋友的聚会，刚刚走进门……
迎面就遇上她。多么残酷！
她只当没看见，也不打招呼：
啊，她真的是冷若冰霜，
像数九寒天那样冰凉！

她那执拗的双唇显然
把满腔的愤怒勉强按捺！
奥涅金敏锐的眼睛凝视着她：
哪里，哪里有慌乱和可怜？
哪里有泪痕？……没有，没有！
只有愤怒凝聚在眉头……

三四

是的，也许还有内心的恐惧，
担心丈夫和社交界会发觉
偶然的软弱、昔日的荒唐事……
我的奥涅金所知道的一切……
希望破灭了，他返回村庄，
愤怒地诅咒自己的疯狂——
他深深地陷入疯狂之中，
再次疏远了社交界的公众。
在那沉寂冷清的书房里，
他又想起当年那些时光，
那时在喧闹的上流社会交际场，
残酷的忧郁症和他形影不离，
它抓住他，揪住他的衣襟，
在黑暗的角落里将他囚禁。

三五

他又不加选择地读书。

他读了吉本[①]和卢梭的杰作，
孟佐尼[②]、赫尔德[③]、尚福尔[④]的论著、
史达尔夫人[⑤]、比夏[⑥]、蒂索[⑦]，
读过怀疑主义的培尔[⑧]的著作，
读过法国封德奈尔[⑨]的小说，
还读过我国某些作家的作品，
不嫌弃任何作者的文论：
不管是文集还是杂志，
那些书刊总教训我们，
如今正把我痛骂贬损，
可是也有过一些抒情诗，
在这些书刊上将我赞扬：
诸位，他的诗真是不同凡响[⑩]。

三六

可是怎么啦？他眼睛望着书，
思想却早已飞到远方，

① 吉本（1737—1794），英国历史学家。
② 孟佐尼（1785—1873），意大利作家，作品有《约婚夫妇》等。
③ 赫尔德（1744—1803），德国哲学家、文艺理论家。提倡民族文化，重视民间文学。
④ 尚福尔（1714—1794），法国讽刺作家。
⑤ 原文为法语。
⑥ 比夏（1771—1802），法国解剖学家。
⑦ 蒂索（1728—1797），瑞士医学家。
⑧ 培尔（1647—1706），法国启蒙思想家、唯物主义哲学家。
⑨ 封德奈尔（1657—1757），法国作家。
⑩ 原文为意大利语。

种种幻想、愿望和苦楚
在他的心灵里深深地埋藏。
他望着书本上一行行字符，
心灵的眼睛却在书本外读出
另一些字句。他整个心灵
在其中完全地深深沉浸。
那是一些深藏在心中
朦朦胧胧的古代的传说，
是些私语、预言和恐吓，
一些支离破碎的幻梦，
是长篇神话中的鲜活梦呓，
是书信，出自少女的手笔。

三七

于是他的思想和感情
渐渐变得恍惚而迷茫，
想象仿佛在打法拉翁①，
他面前浮现出纷繁的景象。
一会儿他看见融化的雪地里
好像深夜在床上安睡，
一个青年直挺挺地躺着，
一个声音在说：怎么？打死了。
一会儿他看见已淡忘的仇敌、

① 一种牌戏。

罪恶的懦夫、造谣的坏蛋、
一伙卑鄙无耻的同伴、
一群朝三暮四的年轻女子。
一会儿是乡下的庄院——窗下
坐着她……啊，他总是看见她！……

三八

他如此习惯于为此走神，
差一点就要痴迷和发疯，
也有可能竟成了诗人，
老实说，这就更加不幸！
好像有一股磁性的吸引力，
我这个不堪造就的弟子，
在那个时候当真差不多
学会俄文诗歌的规则。

瞧他那模样多么像诗人，
一个人单独坐在屋角
面前的壁炉在熊熊燃烧，
嘴里哼着《幸福的女神》①
或者《你是我的偶像》②，还让
鞋子和杂志落入火塘。

三九

光阴似箭，冬天已过尽，
一转眼天气已开始回暖，
他没有成为一个诗人，
没有死去，神经也没有错乱。
春天又让他振作起精神，
在一个阳光明媚的早晨，

①② 均为意大利歌曲名。原文为意大利语。

他第一次离开那紧闭的老屋，
离开双层窗和小小的壁炉，
冬天他像土拨鼠蛰居在那里，
他乘上雪橇在涅瓦河上狂奔，
蓝色冰面上车辙纵横，
阳光闪耀，冰雪被刨起，
在大街上融化成了泥泞。
奥涅金顺着大街飞奔。

四〇

他要奔往何处？您立刻
就猜到了，真是一点也不差：
我那个禀性难改的怪客
去找她，去找他的达吉雅娜。
他走着，活像一个幽魂，
前厅里看不到任何一个人。
他走进大厅，再进去，也没有人影。
他打开一扇门。是什么情景
让他如此大大慌了神？
他面前只有公爵夫人单独
坐着，披头散发，面如黄土
默默无声地读着一封信，
一只手支着她的下巴颏，
眼泪流得像一条小河。

四一

噢，在这一瞬间，谁能遗忘
她内心痛苦的难以表达！
这时从公爵夫人的身上
谁认不出当年那可怜的达尼亚！
叶甫盖尼的悔恨无以复加，
他悲痛地跪落在她脚下。
她浑身一震，默默无言，
面对着奥涅金在眼前出现，
既没有恼怒，也没有惊奇……
他那无神黯淡的目光、
默默的责怪、恳求的模样，
她全都领会。那质朴的少女
连同昔日的幻想和心愿
眼下又在她身上显现。

四二

她没有扶起这个对头，
只是目不转睛地望着他，
她那只没有感觉的纤手
也没有从他贪婪的嘴上放下……
现在她在幻想些什么？……
两人相对长久地沉默，
最后她终于轻声说起话来：

“够了，您请起来吧。我应该
开诚布公向您表明心迹。
奥涅金，您还记得那时候，
在花园里边，在那林荫道，
命运让我们不期而遇，
我那么恭顺地听您的教训？
如今该轮到我跟您谈谈心。

四三

“奥涅金，当时我还年轻，
看来比现在讨人欢喜，
我曾经对您满怀痴情，
可我发现了什么，在您心里？
得到了什么回答？只有冷淡。
不是吗？难道您还希罕

一个温顺少女的情意?
而如今，上帝啊，我不寒而栗，
只要我想起您那冷漠的目光
和那篇教训……可是对您
我并不责怪，在那可怕的时辰，
您的行为显得很高尚，
在我的面前您问心无愧，
我衷心向您表示感激……

四四

“那时在我们偏僻的乡下，
远离那流言蜚语的关注，
您不喜欢我，可不是吗?
而如今您为何又来将我追逐?
又把我作为追求的对象?
莫不是因为我必须经常
与人应酬，出现在上流社会，
因为我显赫而又富贵，
因为丈夫在战争中落下残疾，
受到宫廷的宠爱和庇护，
莫不是因为我蒙受耻辱
现在会引起大家的注意，
因而在社交界您将博取
善于诱引女人的名气?

四五

“我哭了……假如您到此刻
还没有忘记您的达尼亚，
那我告诉您，只要我能选择，
我宁愿听到刻薄的笑骂
和您那冷酷无情的贬损，
而不愿看到您这令人
难堪的热情、眼泪和书简。
对于我那幼稚的梦幻，
当时您对我还有点体恤，
对我的年幼无知还是很尊重……
可如今！是什么促使您匆匆
投到我脚下？多么荒唐的事！
您怎会成为卑微感情的奴隶，
枉有这样的心灵和才智？

四六

“对于我，奥涅金，这富丽堂皇，
这令人厌恶的荣华富贵，
我在社交旋风中的名望，
我这时髦的邸宅和晚会
又算得了什么？现在我宁愿
放弃这假面舞会的破衣烂衫，
这豪华、喧闹、乌烟瘴气的住处，

去换取一柜书或荒芜的园圃，
去换取我那寒碜的田庄，
去换取那些地方，奥涅金，
我第一次遇见您的乡村，
以及那片幽静的牧场，
如今十字架和树木的阴凉
还庇荫着我那可怜的奶娘……

四七

“而那时幸福似乎近在咫尺，
它就在眼前！……可我的命运
早就已经注定。这件事
我也许做得不够谨慎：
母亲曾对我将眼泪挥洒，
苦苦哀求，而对薄命的达尼亚
命运如何安排都不幸……
于是我出嫁了，我真心请求您，
您应该从此离我而去；
我知道：您有很强的自尊心，
您懂得爱惜自己的名声。
我爱您（这我又何必掩饰？）
但现在我已嫁人为妻，
我将一辈子对他忠实。”

四八

她走了。叶甫盖尼兀自站立，
仿佛被巨雷轰蒙了一样。
这时他心里百感交集，
翻腾得有如倒海翻江！
但意外响起了马刺的声音，
宣告达吉雅娜的丈夫来临，
好吧，就在这里，在我们这个
主人公最为丧气的时刻，
读者，我们就跟他分手，
要离别很久……直到永远。
在这世界上我们已结伴
陪同他走了好久好久。
让我们彼此祝贺靠了岸。
乌啦！（不是吗？）早该说再见。

四九

噢，我的读者，无论你是谁，
是友人，是仇敌，如今我愿意
像个朋友般和你分袂，
再见吧。无论你在这里，
在这些潦草随意的诗节里
寻找什么，是激情澎湃的回忆，
是辛勤工作之余的消遣，

是生动的图景，或俏皮语言，
还是文法上的种种积弊，
上帝保佑，但愿你在书中
为了欢娱，或者为了幻梦，
为你的心，为杂志上的争议，
能够找到你需要的点滴。
再见吧，让我们各奔东西！

五〇

再见吧，还有你，我古怪的旅伴①，
还有你，我忠实的理想②，
还有你，篇幅虽不大的诗篇，
但它却很生动而周详。
凡诗人羡慕的我们都已体验：
朋友之间愉快的畅谈，
在世人的风暴里将生活淡忘。
许多岁月已成了过往，
正当青春年华的达吉雅娜，
还有和她在一起的奥涅金，
在我蒙眬的梦中第一次现身——
当时这自由小说远景的演化，
我虽然透过那魔法的水晶，

① 指奥涅金。
② 指达吉雅娜。

却仍然没能看得分明。

五一

但是那些在友爱的聚会里
听我朗诵诗稿的友伴……
有的在远处，有的已辞世①
恰如萨迪②说过的那般。
《奥涅金》写完时，他们都没了踪影。
我借以塑造达吉雅娜的原型，
那是我心中可爱的理想人物，她……
啊，有多少人被命运所糟蹋！
这样的人有福了：他早就疏远
人世的欢乐，他不喝干那杯
满满的诱人的琼浆玉液，
人生的小说他没有读完
就突然放下，把它遗忘，
恰如我离开奥涅金一样。

① 普希金此处指他的十二月党人朋友，有的被绞死（雷列耶夫），有的被流放和监禁（普欣、丘赫尔别凯）。
② 萨迪（约 1208—1291），波斯诗人，代表作有喻世故事集《果园》《蔷薇园》等。

注　释

1. 作于比萨拉比亚。

2. dandy，即花花公子。

3. 由玻利瓦尔[①]得名的帽子。

4. 当时一个著名的饭店。

5. 只有恰尔德·哈罗德才会这样冷漠。狄德洛的芭蕾舞充满了生动的想象和非凡的魅力。我们有一个浪漫主义作家认为这些芭蕾舞比全部法国文学有诗意得多。

6. “大家都知道他经常搽粉，起初我不相信，但后来我便同意这种说法了，这不仅因为他的脸色变得好看，在他的梳妆台上放着几盒香粉，而且因为有一天早晨，我走进他的房间时，正看见他在用一只特制的小刷子刷指甲，并且还当着我的面洋洋自得地继续做着这件事。因此我断定，这个每天早晨都要花两个小时来照料指甲的人，是可能花点时间用香粉来搽光他的脸的。”

（卢梭：《忏悔录》）[②]

---

① 玻利瓦尔（1783—1830），南美西班牙殖民地独立战争的领袖。1819 年建立大哥伦比亚，任总统，1825 年在上秘鲁建立玻利维亚共和国。他戴的宽边帽成了当时时髦的帽子。

② 以上引文原文均为法语。

格林走在时代的前面：如今整个文明的欧洲都在用特制的刷子刷指甲。

7. 这一整节讽刺诗都是在巧妙地称赞我们的女同胞。布瓦洛①就曾装作责备的样子颂扬过路易十四。我们的太太们把文明同殷勤、严格的贞洁，同史达尔夫人②如此迷恋的东方美结合起来了。

（参看《流亡十年》）

8. 读者都记得格涅季奇③在牧歌里对彼得堡夜晚的美妙描写：

夜来临了，但那一抹金色的云彩并没有暗淡下去，
没有星星，没有月亮，那远方的天际却是一片明亮。
在遥远的海边，像在蓝天里飘翔，
隐约有几艘大船扬起了银白色的风帆。
夜空闪耀着永不昏暗的光辉，
紫红的晚霞同东方的金光连成一片：
仿佛朝霞跟在黄昏后面带来了
嫣红的晨光。——那是一个黄金的时辰。
这时夏天的白昼窃取了夜的权力；
这时阴影和柔和的光线巧妙地融合在一起，
——正午的天空从没有打扮得如此美妙——
在北方的天空上如此迷住异乡人的视线；
如此光亮，宛如北方美女的躯体，
她那蓝色的眼睛和那绯红的双颊

① 布瓦洛（1636—1711），法国诗人，著有《讽刺诗集》，曾任路易十四的史官。
② 史达尔夫人（1766—1817），法国女作家，积极浪漫主义的先驱。曾被拿破仑放逐，流亡国外，《流亡十年》是她的作品。
③ 格涅季奇（1784—1833），俄国诗人。

稍稍被一绺淡褐色的鬈发所覆盖。

那时在涅瓦河和华丽的彼得堡上空可以看见

没有暮色的黄昏和没有阴影的短促的夜；

那时斐绿美娅[①]刚刚唱完了夜半的歌曲

又唱起新的歌来迎接东方的曙光。

但时节已经晚了，涅瓦河边的冻土带上吹起了寒风，

洒满了露珠……

已是半夜时分：傍晚河面上划动着千百支船桨的

涅瓦河水已不再拍击河岸，城里的来客回家了。

岸上没有人声，水面不起波澜，万籁俱静。

只有桥上的隆隆声偶尔传到水面上，

只有远处乡村的吆喝声从空中掠过，

那里哨兵们在夜间应答着口令。

一切都沉睡了……

9. 热情洋溢的诗人真切地

看见那垂青于他的女神，

于是他凭靠着花岗岩的堤岸

在不眠之夜中度过几个时辰。

（穆拉维约夫：《给涅瓦河女神》）

10. 作于敖德萨。

11. 见《叶甫盖尼·奥涅金》第一版。[②]

12. 引自《第聂伯河的美人鱼》第一部。

13. 那些最动听的希腊名字，例如：阿加丰、菲拉特、费多

---

① 希腊神话中的雅典公主，被诸神变为夜莺。

② 参见《别稿》第一章第五十节。

拉、费克拉等等，我们只有在平民中才使用。

14. 葛兰狄生和洛夫莱斯，两部著名小说的主人公。

15. 假如我糊涂到竟然相信人间有幸福，那我只有到习惯中去寻找。（夏多勃里昂）①

16. “可怜的尤里克！”——哈姆雷特对一个小丑的骷髅的感叹。（参看莎士比亚和斯特恩。）②

17. 在上一版，“向家里飞驰”错印为“在冬天里飞驰”（这没有任何意义）。批评家们不分青红皂白，在下面几个诗节里找出了时间的错误。我们敢斗胆保证，在这部小说里时间是按照日历计算的。

18. 朱丽·伏尔玛——新爱洛绮丝。③马列克·阿代尔——科坦夫人④的一部平庸长篇小说的主人公。古斯塔夫·德·利纳——克吕德纳男爵夫人⑤的一部美妙小说的主人公。

19. 吸血僵尸——小说，误以为拜伦勋爵所作。⑥缪莫斯——梅图林⑦的天才作品。约翰·斯波加尔——查理·诺地埃⑧的著名小说。

---

① 原文为法语。
夏多勃里昂（1768—1848），法国作家，作品有《阿达拉》《勒奈》等，通过主人公所经历的苦难，宣扬宿命论。

② 尤里克，莎士比亚悲剧《哈姆雷特》里一个善良的小丑。斯特恩（1713—1768），英国小说家，作品有《特利斯脱兰·香代》等。斯特恩曾用尤里克作过笔名。

③ 卢梭小说《新爱洛绮丝》中的女主人公。

④ 科坦（1770—1807），法国女作家，马列克·阿代尔是她的小说《马蒂尔德》中的主人公。

⑤ 克吕德纳（1764—1824），俄国女作家，古斯塔夫·德·利纳是她的小说《瓦勒里》中的人物。

⑥ 作者实为英国医生波利多尔，当时俄译本把作者误作拜伦。

⑦ 梅图林（1782—1824），英国作家。

⑧ 查理·诺地埃（1780—1844），法国作家，著有小说《约翰·斯波加尔》《阿戴尔》等。

20. “永远放弃你们的希望吧，你们走进来的人。”我们谦虚的作者只译出这句名诗的前半句。①

21. 杂志，曾由已故的亚·伊兹玛依洛夫②发行，常不准时出版。出版者有一次刊登启事，向读者道歉，原因是他在节日里外出“闲逛”去了。

22. 指叶·阿·巴拉登斯基③。

23. 杂志上都表示惊讶，怎么可以把普通的农家女儿称为“姑娘”，却把高贵的小姐贬低身份，叫做“丫头”。

24. 有个批评家指出：“此处指孩子们在滑冰。”不错。

25. 在我那美好的年华，
我沉睡在充满诗情的“爱伊”里，
我欢喜它那嗞嗞作响的泡沫，
它就像爱情
或者狂热的青春时期，等等。

（给列·普④的信）

26. 奥古斯特·拉封丹，许多家庭小说的作者。

27. 见维亚泽姆斯基的诗《初雪》。

28. 见巴拉登斯基诗《爱达》中有关芬兰冬天的描写。

29. 公猫呼唤着母猫
到灶头上去睡觉。

---

① 这是意大利诗人但丁（1265—1321）的《神曲·地狱篇》第三章里地狱门口题词的最后一句。

② 伊兹玛依洛夫（1779—1831），俄国作家。

③ 巴拉登斯基（1800—1844），俄国诗人。他的诗反映了十二月党人起义准备时期社会运动的高涨，充满热爱自由的情感，普希金很推崇他的诗。

④ 指列夫·普希金，本书作者普希金的弟弟。

这曲子预示结婚，第一支曲子预言死亡。

30. 用这种办法了解未来求婚者的名字。

31. 杂志上指摘“拍手”（хлоп）、“马蹄声”（топ）、“人言”（молвь）这几个词，说这几个词的创新是失败的。这些词是道地的俄语词。“鲍瓦从帐篷里出来乘凉，听见旷野里马蹄声（топ）嘚嘚，人言（молвь）闹嚷嚷。”（《鲍瓦王子的故事》）“拍手”（хлоп）在口语中是代替“鼓掌”（хлопание）用的，正如“咝咝”（шип）是作“咝咝响”（шипение）用的一样。

他像蛇般咝咝叫。（俄国古诗）

不应该妨碍自由应用我国丰富而优美的语言。①

32. 一位批评家似乎认为，在这几句诗中有着我们难以理解的、有失体面的含意。

33. 我们的占卜书是用马丁 · 札杰加书局的名义出版的，但正如 Б.М.费多罗夫指出的，马丁 · 札杰加是一位可敬的人，他从来没有写过占卜书。

34. 此句戏仿罗蒙诺索夫②的名诗：

朝霞用它嫣红的妙手
从早晨平静的海面
引来了太阳，等等。

35. 布雅诺夫，我的邻居

……

昨天到我家，胡子拉碴，一头乱发，

① 这几个词普希金用的都是民间语言的词，和通用语言不同。

② 罗蒙诺索夫（1711—1765），俄国学者、诗人，莫斯科大学的创办者。

穿着鸭绒袄，戴着鸭舌帽……

（《危险的邻居》[①]）

36. 我们的批评家，女性的忠实崇拜者，强烈指摘这句诗不成体统。

37. 巴黎的一家饭店。

38. 格里鲍耶陀夫[②]的诗。

39. 著名的造枪工匠。

40. 初版时，第六章是这样结束的：

而你啊，生机蓬勃的灵感
请你激起我的万千想象，
请你活跃我困倦的心神，
频频飞临我栖身的家门，
别让诗人的心变得冰冷，
别让它变得冷漠残忍。
到末了终于，我的朋友们，
在社交界令人迷醉的作乐中，
和衣冠华丽的蠢材们在一起，
在那些冷酷而傲慢的人群里。

四七

这里有狡猾而又怯懦、

① 《危险的邻居》是普希金的伯父瓦·里·普希金（1770—1830）的诗作，布雅诺夫是这部长诗中的人物。

② 格里鲍耶陀夫（1795—1829），俄国剧作家，作品有《智慧生痛苦》（一译《聪明误》）等。

狂妄而又娇惯的少年，
又可笑又无聊的无赖，又愚拙
又纠缠不清的评论家好汉；
这里有虚情假意的风流娘儿们，
有心甘情愿当奴隶的男人，
这里有每天看到的时髦场景，
有貌似体面而温柔的移情，
这里有冷酷无情的评判，
浮华的生活中无情无义，
令人心灰意懒的空虚
谈话、思虑和种种谋算，
在这个泥潭里，亲爱的朋友们，
我们正在醉心地游泳。

41. 列夫申，许多经济学著作的作者。

42. 我们的道路看来就像座花园：
树木葱茏，遍布土堤和沟壑，
费了不少力气，赢得了赞叹，
只可惜有时难以通行车骑。
树木像站岗放哨的卫兵，
可行人却没有多少收获；
当你说，这道路真是不错，
就会想起一句诗：都是为人们出行！
在俄国旅行要做到畅通随意。
只有在两个可以通行的时期：

我们的马克-亚当[①]或马克-夏娃——
冬天浑身哆嗦，脾气爆发，
用冰雪的铁衣盖上条条道路，
对人类进行毁灭一切的袭击，
飘扬的初雪漫天飞舞，
用松软的细沙盖起它的足迹。
或者当那暑热难当的干旱
烤干我们广阔无垠的土地。
而苍蝇可以眯起它的双眼
从水洼慢慢爬到干燥的滩地。

（维亚泽姆斯基公爵：《驿站》）

43. 借用那位以戏谑的想象如此著称的K某的比喻。K某曾说，有一次他作为波将金公爵的专使奉派去给女皇送信。他的马车跑得极快，以致剑端露出车外，敲击着里程碑就像敲击着栅栏一样。

44. Rout，一种不跳舞的晚会，特指嘈杂的人群。

① 马克-亚当（1756—1836），苏格兰土木工程师，发明碎石马路。此处“马克-亚当”和“马克-夏娃”均指冬天。

奥涅金的旅行（片断）

《叶甫盖尼·奥涅金》的最后一章是单独发表的，附有下列序言：

“略去的诗节曾不止一次引起人们的指摘和嘲笑（不过都很公正和俏皮）。作者坦率地承认，他从小说中删去了整整一章，其中描写了奥涅金在俄罗斯的旅行。本来可以用虚点或数字来标明删去的一章，但是为了避免引起别人的议论，他还是打定主意，不用第九章，而把《叶甫盖尼·奥涅金》的最后一章称为第八章，并且删去最后几节诗中的一节：

是时候了，我的笔要求歇歇喘；
我一共写了九章诗歌，
狂暴的九级浪把我的大船
送到海岸上，在那里是多么快乐——
我赞美你们，九位诗神，等等。”

巴·亚·卡杰宁（卓越的诗才并没有妨碍他成为一位敏锐的批评家）向我们指出，这样的删节也许对读者有益，但是对于整个作品的结构则是有害的，因为达吉雅娜从一个乡下的小姐变成显赫的贵妇，这使人感到过于意外和难以理解。这是一位有经验的艺术家发表的高见。作者自己觉得这个意见极其正确，但是决定删去这一章主要是为了他自己，而不是为了公众。某些片断已经印好，我们把它发表在这里，并且再补充几节诗。

叶·奥涅金从莫斯科起程，前往尼日尼·诺夫哥罗德：

……在他面前
马卡利耶夫[①]人群熙熙攘攘，
到处摆满了丰富的物产。
印度人把珍珠带到这里来，
欧洲人携来的美酒是冒牌。
草原上一个养马场的主人
赶来了人们挑剩的马群，
赌徒带来一副副纸牌，
和一把得心应手的骰子，
地主携来了成熟的闺女，
女儿身上都是过时的穿戴。
人们忙忙碌碌，撒谎骗人。
集市上一片买卖的气氛。

---

① 尼日尼·诺夫哥罗德的集市，1817 年从马卡利耶夫迁来。

*

苦闷！……

奥涅金前往阿斯特拉罕，又从那里到高加索。

他看见，汹涌狂暴的捷列克河，
猛烈地冲击陡峭的河岸；
雄鹰在前方自由振翮，
麋鹿低着角站在他面前；
骆驼静卧在岩石的阴影里，
契尔克斯人的骏马在草原上奔驰，
在那牧人帐篷的周遭，
卡尔梅克人的绵羊细嚼着青草，
远处的高加索层峦叠嶂，
通向那里的道路已贯穿，
战争打通了天然的界线，

突破了它们险峻的屏障；
在那阿拉瓜河和库拉河两岸，
已经驻扎着俄罗斯的篷帐。

*

那是荒原的永恒守卫者，
在四周崇山峻岭的环抱中
屹立着苍翠葱茏的玛舒克①
和别什图②尖顶高耸的山峰。
玛舒克长流着治病的泉水，
它那神奇流水的周围
麇集着一群苍白的病人，
有的为战斗荣誉而牺牲，
有的为美女，有的患痔疮，
他们都想在这奇妙的浪花里
把自己的生命线牢牢维系，
这罪恶年代的风情女郎
想把罪孽留在水底，而老人
则想变得年轻，即使是一瞬。

*

沉浸在痛苦的深思之中，

---

①② 高加索的两座著名大山。

在他们这悲哀的家族中间，
奥涅金用他忧郁的眼睛
注视着那雾气蒙蒙的水面，
他思索着，因愁闷而感到迷茫：
为什么子弹不打伤我的胸膛；
为什么我不是孱弱的老汉，
像这个包税人那样可怜？
为什么我不是图拉的陪审官，
患了风瘫长卧在病床上？
为什么我没有感到肩膀
有痛风的症状？啊，我的天！
我年轻，精力还很旺盛，
我等待着什么？苦闷，苦闷！……

奥涅金接着访问了塔夫里达：

充满想象的神圣地方：
在那里，米特拉达悌①因战败自杀，
阿特里德同那比拉德吵过架，②
充满灵感的密茨凯维奇③曾歌唱
在这海岸的岩石中间，
他回忆着自己的故乡立陶宛。

---

① 米特拉达悌（约前 132—前 63），黑海东南岸奴隶制国家本都王国国王，曾与罗马争夺小亚细亚西部和巴尔干半岛，经三次战争，最后失败自杀。
② 阿特里德和比拉德是希腊神话中的人物。
③ 密茨凯维奇（1798—1855），波兰诗人。

*

多么绮丽啊，塔夫里达海岸，
当我借助黎明时金星的光芒，
从大船上远眺你的山川，
就像我第一次见到你一样，
我看见你沐浴着喜庆的光华，
在蔚蓝、晶莹的天穹映衬下，
巍峨的群山焕发着异彩。
花团锦簇的山谷、树木和村寨
一一铺展在我的前方。
而那边，在鞑靼人的茅舍之间……
我心中又燃起炽热的火焰！
在我烈火般燃烧的胸膛
又涌上魔幻般的万般苦恼！
可是，缪斯！请把昔日忘掉。

*

尽管当年我心中的情感
有多么强烈，可现在已云散烟消：
它们不是消失就是已改变……
都平静下来吧，往昔的烦恼！
在那些岁月我要的仿佛是荒原，
是激浪珍珠般翻腾的海岸、
喧闹的大海、层峦叠嶂、
高傲的少女——我心中的理想、
无以名状的恼人的苦难……
另一些时光、另一些幻梦；
我那春日的梦想曾经
高高地翱翔，如今已变得平淡，
就是我那诗情洋溢的酒杯
也已掺进了许多白水。

*

如今我需要的是另一些风物：
我爱的是那砂土的山坡，
小屋门前的两棵花楸树，
一扇小门，哪怕篱笆已残破，
天空中一片片灰色的云朵，
打谷场前面的一堆堆草垛，
浓密的垂柳树下的池塘，

雏鸭自由自在地游荡；
小酒店门前常见的民俗：
巴拉拉伊卡[①]的琴声让我心动，
我爱特烈帕克舞醉意的跺脚声。
我现在的理想：要一个主妇，
我现在的愿望：过安逸日子，
还有一盆汤，一切自己料理。

*

有些时候，下着连绵的阴雨，
我顺便去看了一下牲口棚……
唉！这些胡话真是毫无诗意，
佛兰德斯美术[②]光怪陆离的产品！
在那青春年华，我竟是这般？
告诉我，巴赫奇萨拉伊泪泉[③]！
难道你那永不休止的淙淙声
在我胸中引起过这样的心情，
当我来到那华丽空寂的宫殿，
默默地站立在你的前方，
构思着我那莎莱玛的形象……
过了三年，跟在我后边，

---

① 一种民间的三弦琴。
② 十六至十九世纪尼德兰南部地方（现比利时及法国一小部分）的美术。代表画家有勃鲁盖尔、鲁本斯、凡·戴克等。
③ 巴赫奇萨拉伊泪泉在克里木汗王宫里，普希金写有长诗《巴赫奇萨拉伊泪泉》，其中的女主人公名叫莎莱玛。

奥涅金也来到这个地方，
在那里他曾经把我怀想。

*

那时我住在尘土飞扬的敖德萨……
那里的天空总是长久晴朗，
贸易极其繁忙，商业发达，
催动着大小商船扬帆来往；
那里洋溢着欧洲的气息，
一切都闪耀着南方的光辉，
一片斑驳陆离的繁杂景象，
在那些欢腾热闹的街道上
响彻着金色意大利的言语，
来到这里的有高傲的斯拉夫人，
法国、西班牙、亚美尼亚臣民，
希腊人，困苦的摩尔达维亚子弟，
埃及土生土长的黎民，
还有摩拉里[①]——这海盗已退隐。

*

我们的朋友诗人杜曼斯基[②]

---

① 摩拉里是普希金在敖德萨结识的朋友，出生于埃及，传说他做过海盗。
② 杜曼斯基（1800—1860），俄国诗人，普希金的朋友。

曾用铿锵的诗句描写过敖德萨，
但是那时候他写这首诗
是用偏爱的目光来观察它。
他作为一个真正的诗人
来到这里，独自漫步在海滨，
用长柄眼镜观赏这景致，
然后用他那迷人的文笔
高歌赞美敖德萨的花园。
一切都很好，可是实际上
周围的草原却那么荒凉，
只是在不久以前才算
种植几棵幼树，在暑热中
勉强投下几片稀疏的阴影。

*

我那不连贯的故事说到哪里？
我说到尘土飞扬的敖德萨。
我还可以说，敖德萨泥泞遍地，
在这里，我说的并非谎话。
敖德萨一年有五六个星期
由于狂暴宙斯的旨意，
淹没在水里，筑起了堤坝，
深深陷入稠厚的泥泞。

房子陷入一尺[1]深的泥泞里，
行人们只有踩着高跷，
才敢于涉水走上街道，
马车连人陷入泥泞寸步难移，
替换那瘦弱无力的役马，
拉货车的犍牛把犄角低下。

*

但铁锤对着石块敲得正欢，
这个得救的城市不久
就要铺上坚硬的路面，
犹如披上钢铁的甲胄。
可是在这潮湿的敖德萨，
还有个缺陷颇为重大，
你想是什么？——缺少淡水，
解决它要付出艰苦努力……
这算什么？它并非人祸天灾，
尤其是如今进口酒类，
还可以免去大量税费，
而且南方的阳光、大海……
你们还想要什么，我的朋友？
这个地方可真是得天独厚！

---

① 指俄尺，1 俄尺合 0.71 米。

*

通常，只要停泊的军舰
响起报道曙光的号炮，
我就奔下陡峭的海岸，
立即投入大海的怀抱。
过后我将点燃的烟斗吸起，
咸味的海水让我神采奕奕，
我喝着带渣的东方咖啡，
仿佛穆斯林在天堂陶醉。
我出门去散步。好客的*娱乐场*①
已开放；响起茶杯的碰撞声，
台球记分员睡眼惺忪，
手执扫帚来到阳台上，
这时候在那*娱乐场*的门口
已有两个商人来聚首。

*

看吧，广场上又显得斑驳陆离，
一片繁忙扰攘的景象；
这儿那儿人们跑来跑去，
大多是为某件事情奔忙。
那精于计算和冒险的老板

---

① 原文为意大利语。

跑来察看海上的旗幡，
打听老天是不是很快
把熟悉的白帆给他们送来。
如今有哪些新到的商品
送进了这个港口的检疫站？
期望中的美酒是否到了船？
瘟疫怎样了？哪里有火警？
是不是发生过战争和饥馑？
或者有什么类似的新闻？

*

比起那忧心商人的心态，
我们都显得无忧无虑，
我们等待的只是运来
皇城海岸新鲜的牡蛎。
牡蛎怎么了？来了！真高兴！
贪嘴的青年都往那里奔，
把那海里长的贝壳剥去，
稍微洒上一点柠檬汁，
吞食着肥嫩鲜美的肉体。
欢呼，争吵——奥通①多殷勤，
他从地窖里拿来一瓶瓶
淡淡的美酒，在桌上安置；

① 敖德萨一家著名饭店的老板。

时间飞逝着，而吓人的酒账，
也在不知不觉地增长。

*

但蓝色的傍晚已变得昏沉，
已经是赶去看歌剧的时刻，
上演的是迷人的罗西尼[①]作品，
他是当代俄耳甫斯[②]，欧洲宠儿。
不理严峻批评家的苛责，
他永远保持着自己的风格，
永远那么清新，倾泻出的乐音
是那么激越，如烈焰翻腾，
又如涓涓细流、年轻人的亲吻，
燃烧着爱的烈火，那么温柔，
如咝咝响的爱伊牌香槟酒，
那清流和飞沫有如黄金……
然而，诸位，美酒能不能
和多莱米发索相提并论？

*

难道只有音乐令人陶醉？

---

① 罗西尼（1792—1868），意大利歌剧作曲家。作品有《塞维勒的理发师》等。
② 希腊神话中色雷斯的诗人和歌手，善弹竖琴，琴声能使猛兽俯首、顽石点头。

你可看见那搜索的观剧镜？
你可发现那秘密的约会？
还有那芭蕾舞，那主演女伶[①]？
而包厢里那跨国巨商的娇妻
闪耀着光彩夺目的艳丽，
那么骄矜又那么慵倦，
旁边围着奴隶一大圈？
对于那抒情短曲，那恳请，
对于那半带玩笑的阿谀，
她只是似听非听，爱理不理，
而丈夫在她背后角落里打盹，
时而睡意蒙眬地喝一声彩，
一个呵欠，又打起鼾来。

*

响起终场音乐，大厅变得空泛，
观众喧闹着，匆匆走出剧场；
借着路灯和繁星的光线，
人群一起涌到广场上。
奥索尼亚[②]的幸运骄子，
轻轻地哼着欢乐的小曲，
他们一开口就能歌唱，

① 原文为意大利语。
② 奥索尼亚是意大利的别称，奥索尼亚的幸运骄子指意大利人。

而我们总把宣叙调的歌词嚷嚷。
然而夜深了，敖德萨已睡熟，
静谧的夜沉寂而又温暖，
月亮缓缓地飘上了天边，
透明而又轻柔的夜幕
笼罩着天穹。一切全沉静，
只有黑海的波涛在喧腾……

*

就这样，当时我在敖德萨寄寓……

第十章

一

懦弱却又狡猾的君王[1]，
秃顶的公子哥儿，劳动的敌人，
意外的恩宠给了他荣光，
那时是他在统治我们。
．．．．．．．．．．．．

二

那时在那波拿巴[2]的帐篷里，
他的温顺我们都深切地知道，
并不是我们的那些厨师
在拔俄国双头鹰的羽毛。

---

① 指沙皇亚历山大一世。
② 即拿破仑，这节诗写 1805 年亚历山大一世的军队在奥斯特里茨战役中为拿破仑所败。

· · · · · · · · · · · ·

三

一八一二年风暴成灾，
向我们袭来，是谁帮我们反击？
是人民的愤怒，是巴尔克莱①，
是冬天，还是俄罗斯的上帝②？

· · · · · · · · · · · ·

四

但上帝来帮忙，怨声逐渐沉寂，
我们借着形势的推动，
很快就长驱直入巴黎，
而俄皇便成了各国的首领。

· · · · · · · · · · · ·

五

越是肥胖，就越有重量，
噢，我们糊涂的俄国人民，
告诉我，为什么你们实际上

① 巴尔克莱（1761—1818），俄国将领。
② 指官方的爱国主义。

. . . .

六

"也许"这口头语在民间流行，
我本想写首诗讴歌这个词，
可是一位高贵的平庸诗人
已经抢先胡诌了一首诗[①]，
. . . .
阿尔比昂已经取得了海洋
. . . .

七

也许，伪君子[②]会把收租忘记，
关在修道院里修心养性
也许根据尼古拉[③]的谕旨，
西伯利亚会把人送回大家庭
. . . .
也许会为我们修好道路
. . . .

---

① 此处指多尔戈鲁基的诗作《也许》。
② 指沙皇亚历山大一世时的教育大臣戈里曾。
③ 指沙皇尼古拉一世，他残酷镇压十二月党人起义，把许多起义领袖流放到西伯利亚。

八

这命运的主宰，到处征战的疯子，①
各国君主都曾对他低首下心。
这个由教皇加冕的骑士，
如今已像朝霞一样消隐，
. . . .
孤寂像苦刑一样折磨他②
. . . .

九

比利牛斯山在震荡，天翻地覆，③
那不勒斯的火山把烈焰喷射，④
断臂的公爵正从基什尼奥夫
向摩里亚的朋友使着眼色。⑤
. . . .
短剑 Л　影子 Б⑥
. . . .

---

① 指拿破仑。
② 指拿破仑被流放到圣赫勒拿岛。
③ 指 1820 年西班牙革命。
④ 指 1820 年意大利革命。
⑤ 指 1821 年希腊的独立运动。"断臂的公爵"指希腊民族解放运动的首领易普息兰梯（1792—1828）。摩里亚是希腊南部的半岛，起义者的根据地。
⑥ Л 和 Б 二字含意尚难确定。

一〇

在国际会议[①]上我们的沙皇宣布：
“我将率领人民去镇压！”
至于你，当然满不在乎，
你这亚历山大皇帝的爪牙[②]
··············

一一

彼得巨人的一团游戏兵
到了成为胡子兵的时候，
曾经把一个专制的暴君
出卖给一帮凶残的刽子手。[③]
··············

一二

俄罗斯又一次恢复了平静，
于是沙皇常出门去喝酒，
然而另一团烈焰的火星

---

① 指神圣同盟会议。
② 指亚历山大一世的宠臣阿拉克切耶夫。
③ 游戏兵指近卫军谢苗诺夫团，是彼得一世建立的，到保罗一世时，当年的少年兵已成了老年兵，后来被一些贵族收买，杀死俄国暴君保罗一世。

已经在很久以前，也许就[1]

. . . .

一三

他们常常秘密地聚会，
他们喝葡萄酒用的是大碗，
而饮伏特加用的是小杯

. . . .

一四

这些人都以言辞激烈著称，
他们常常聚集在一起，
有时在激动的尼基塔家中，
有时在谨慎的伊里亚屋里。

. . . .

一五

玛斯[2]、巴克科斯[3]和维纳斯的朋友，
鲁宁[4]果断地提出建议，

---

① 第十二节至第十四节描写十二月党人的活动。下文的尼基塔即穆拉维约夫，伊里亚即多尔戈鲁科夫。
② 希腊神话中的战神。
③ 希腊神话中的酒神。
④ 鲁宁和下文的雅库施金、屠格涅夫都是十二月党积极分子。

列举他那坚定不移的计谋，
并且兴奋地自言自语。
普希金把他的《圣诞歌》朗诵，
雅库施金一向忧郁成性，
这时候仿佛默默无言
亮出了刺杀沙皇的短剑。
他只把俄罗斯放在心间，
立志去实现自己的理想，
跛足的屠格涅夫倾听着演讲，
他憎恨迫害奴隶的皮鞭，
并且预见到这一群贵族
将去解放受苦的农奴。

一六

这事发生在冻结的涅瓦河边，
但是那边，来早的春光
在浓荫蔽日的卡敏卡撒欢，
在丘陵起伏的土尔青荡漾；
在第聂伯河冲刷成的平川，
布格河两岸平展的草原，
维特根施泰因军队驻扎的地方，
另一些事变正在酝酿。
那边彼斯捷里[1]正召集队伍

---

① 彼斯捷里（1793—1826），十二月党人领袖之一。

以对付·······暴君，
那位沉着冷静的将军，
还有把他说服的穆拉维约夫，
浑身充满了决心和力量，
加速了事件爆发的时光。①

一七

起初这些密谋不过是在畅饮
拉斐特和克利歌美酒的时候
一种朋友之间的争论，
这些叛逆的思想并没有
深深渗入人们的心里，
这一切只是因为枯寂，
是因为年轻人无所事事，
是成年人故作淘气的游戏，
仿佛···········
一个结连着一个结····
于是俄国被一张秘密的网
逐渐···········
我们的沙皇在打盹····
·············

① 本节叙述在南方由维特根施泰因指挥的第二军所在地区的活动。在卡敏卡和土尔青有十二月党人的南方协会组织。冷静的将军指尤什涅夫斯基，十二月党人领袖之一。穆拉维约夫是1825年南方武装起义的领导人。

别 稿

第一章

一八二五年发表第一章时所附序言：

这是一部大概不会完成的长篇诗作的开头。

《叶甫盖尼·奥涅金》的几篇或曰几章已经写成。这些在良好环境中写成的章节带有《鲁斯兰和柳德米拉》作者最初作品所特有的欢快色调的痕迹。

第一章是一篇完整的作品。其中描写了一八一九年末一个彼得堡青年的社交生活，它有点像忧郁的拜伦所写的戏谑作品《别波》。

有见识的批评家自然会发现作品结构上的不足之处。每个人在读了它的第一章之后都可以随意评判整部小说的结构。人们将指摘那个与高加索俘虏相似的主人公的非诗性格，也会指摘某些像最新哀歌那样令人难以忍受的诗节——在这些哀歌里，“忧伤的感情吞没了一切”。①但也请允许我们提请读者注意某些讽刺作家笔下难以看到的优点：这里没有备受侮辱的人物，并且在戏谑地描写风习时严格地保持体面。

---

① 引自丘赫尔别凯的论文《论近十年来我国诗歌，尤其是抒情诗的趋向》，参阅正文第四章第三十二节。

手稿中无最后一句，写的是下列一段文字：

出版者的身份不允许我们对这部新作作出褒贬。我们的意见可能显得偏颇。

但请允许我们提请最尊敬的公众和杂志撰稿人先生们注意一个在讽刺作家笔下尚未有过的新优点：在戏谑地描写风习时严格保持体面。尤维纳利斯、卡图卢斯[①]、佩特罗尼乌斯[②]、伏尔泰和拜伦对读者和女性不够尊重是屡见不鲜的。据说，我们的女士们已开始阅读俄文书刊。我们斗胆向她们推荐这部作品，在这里她们可以在阅读讽刺作品的愉快中，透过这层薄薄的外衣，看到对现实的忠实而有趣的观察。

另一个给我们作者的真诚温厚带来不小声誉的、几乎同样重要的优点是，作品中完全没有备受侮辱的人物。不能把这一点完全归功于我们书刊检查机关严父般的戒心，他们是社会风尚和国家安宁的维护者，如此关怀备至地保护着公民，使其免受善意诽谤和轻率嘲笑的攻击。

第八节　第一版这一节有一段注释：

有一种见解，认为奥维德被放逐到今阿克尔曼的地方，这是毫无根据的。在哀歌集《黑海书简》[③]中他明确称多瑙河口的托米城为居留地。伏尔泰认为，奥维德暗中倾心于奥古斯都大帝的女儿尤丽是他被放逐的原因，这种见解同样不正确。奥维

---

① 卡图卢斯（约前87—约前54），古罗马诗人，作品以抒情诗著称。
② 佩特罗尼乌斯（？—66），古罗马作家。
③ 原文为拉丁语。

德当时已年近半百，而淫荡的尤丽十年前已被多疑的父亲放逐。学者们的另一些猜测也仅仅是猜测而已。诗人遵守他的诺言，秘密已随同他逝去：

> 至于我的另一个罪孽，我只有沉默。[①]
>
> 作者注

第九节　誊清的手稿：

心中的火焰早就炙烤着我们。
真是使人迷醉的欺诳，
教会我们爱的并不是天性，
而是史达尔和夏多勃里昂。
我们渴求尽早了解人生，
我们想从小说中了解它的本性，
我们已透彻了解它的含意，
然而一点也没尝到其中的欢愉。
我们预先宣告过天性的呼声，
只是把幸福白白地送走，
一直到很久很久以后，
才消退了年轻人炽热的热情。
奥涅金有过亲身的体验，
因而对女人都一眼看穿。

---

① 原文为拉丁语。

第十三节和第十四节　草稿：

他多么善于吸引温顺寡妇
笃信上帝的虔诚目光，
红着脸和她聊天，谈吐
既平常又叫人意乱心慌。
他也善于用纯真少年的热情、
永不变心的忠诚爱情——
这种爱情世界上还没有——
和涉世不深的天真把她引诱。
他多么善于和任何一位女士
谈论柏拉图主义的佳话，
和傻姐儿一起玩玩布娃娃，
并且突然用一首打油诗
让她手足无措，羞惭满面，
终于扯下端庄的冠冕。

*

女仆的机灵宠儿，谷仓卫士，
长须的公猫就是这样
从暖炕上悄悄地捕捉耗子，
它伸伸懒腰，慢慢走向前方，
稍稍眯起眼，悄悄接近它，
弓起身子，摆动着尾巴，
狡猾的利爪伺机而动，

出其不意扑向那可怜虫。
贪婪的狼饱受饥饿的煎熬，
也是这样走出荒凉的树林，
围着没有经验的畜群，
在疏忽大意的狗群旁寻找，
牲畜睡着了，这残暴的贼
便突然叼起羊羔，窜进密林内。

第二十四节　在这一节之后有如下几行：

在我们那个时候，在全欧洲
教养有数的人士中间，
把指甲精细入微地整修
并不认为是一种负担。
如今——宫廷内侍和军人，
诗人和激进的自由党人，
还有嗓音悦耳的外交官
都准备…………
……………

第二十六节　第一版这一节有一段注释：

我们的作家极少查阅《俄国科学院大词典》，这未免可惜。它将成为叶卡捷琳娜的关怀和罗蒙诺索夫的后继者——祖国语言严格而忠实维护者们的教育工作的永恒纪念。卡拉姆辛在演讲中说道：

“俄国科学院以这部著作来纪念它存在的最初时刻。这是一部极重要的语言著作，它是作家们所必需的，也是任何一个想明白地表达思想、想了解自己和别人的人所必需的。俄国曾以一些奇迹使细心的外国人感到惊奇，科学院出版的这部完备的词典就属于这种奇迹：我们无疑是幸运的，在各方面，我们的命运体现为一种不平常的速度，我们的成熟不需经过几个世纪，而只需几十年。意大利、法国、英国、德国已经产生过许多伟大的作家并以此闻名，可它们还没有一部词典：我们有过一些宗教和神学的著作，有过一些诗人、作家，但只有一个真正的经典作家（罗蒙诺索夫），可我们已经提出一套语言体系，它可以和佛罗伦萨与巴黎科学院的种种杰作媲美。伟大的叶卡捷琳娜……即使是在亚历山大一世最繁荣昌盛的时代，我们当中有谁提起她的名字不怀着深深的爱戴与感激之情呢？……叶卡捷琳娜像爱惜自己的名誉一样爱惜俄国的荣誉，她也爱惜胜利的荣誉和理性的和平的荣誉，她以赞赏的态度接受了科学院辛勤劳动的可喜成果，她善于用这种态度鼓励一切值得称赞的事情，她的赞赏将成为你们，尊贵的先生们，难以忘怀的、极其珍贵的回忆。”

作者注

第五十节　第一版这一节有下列一段注释：

作者的母亲原籍非洲。他的外曾祖父阿勃拉姆·彼得罗维奇·汉尼拔八岁时被劫离非洲大陆，运送到君士坦丁堡。俄国公使解救了他，把他献给彼得大帝，彼得大帝在维尔纳为他施了洗。事后汉尼拔的哥哥先是来到君士坦丁堡，继则亲临彼得堡，意欲将他赎回。但彼得大帝不同意归还他的教子。直到年事已高的晚年汉尼拔还记得非洲，记得父亲的奢侈生活和十九个兄弟，他是其中最小的。他记得兄弟们被反绑双手送到父亲跟前，只有他一个人未被绑去，并在父亲邸宅的喷泉下游水。他也记得他所亲近的姐姐拉甘在他乘船离去时还游着水远远地跟在船后。

十八岁时汉尼拔被沙皇派往法国，在摄政王麾下服务。他回俄国时头部已受过伤，军衔是法国中尉。从此他便寸步不离地在皇帝身边供职。安娜在位时汉尼拔作为庇隆[①]的仇人在冠冕堂皇的借口下被遣往西伯利亚。荒无人迹和气候的严酷使他感到厌烦，他便自作主张回到彼得堡，去找他的朋友米尼赫。米尼赫大为吃惊，劝他立刻躲藏起来。汉尼拔远远地躲在自己的领地上，安娜在位时他一直住在那里，人们还以为他仍在西伯利亚供职。伊丽莎白登基后对他恩宠倍加。阿·彼·汉尼拔卒于叶卡捷琳娜在位时期，当时他已被解除重要职务，官衔陆军大将，终年九十二岁。

他的儿子伊·阿·汉尼拔中将无可争辩地属于叶卡捷琳娜时代最优秀的人物之一（卒于一八〇〇年）。

在俄国，对卓越人物是很容易淡忘的，由于历史记载的缺乏，汉尼拔奇特的一生仅仅是根据家族的传说才被了解到的。我们希望将来能有他的完整传记出版。

作者注

① 庇隆（1690—1772），安娜女皇的宠臣，库尔兰公爵。

第二章

第九节　这一节下面誊清的手稿：

一〇

他不歌唱罪恶的消闲解闷，
不歌唱卑劣下贱的喀耳刻，
他不屑于用高贵的诗琴
去污辱社会的风尚道德；
他只崇尚真正的欢畅，
决不颂扬情欲的罗网，
像那些贪得无厌的魂灵，
沉溺于不知羞耻的风情。
他们走上了误人的迷途，
为追求情欲而可怜地沦丧，
在灵魂的苦闷中还念念不忘
当年灯红酒绿的享福，
并在害人的歌唱中向世界
疯狂地宣扬昔日的罪孽。

一一

颂扬盲目享乐的歌手，
你们用生动的哀歌——
向我们讲述当年享乐的感受，
这样做完全是徒劳无益；
年轻姑娘暗地里痴迷
甜蜜的诗琴弹出的乐曲，
频频向你们暗送秋波，
迟迟不敢开口，同样没结果，
轻佻的年轻人在酒醉之余
戴着花冠，在酒宴之上
回忆那些美艳的诗章，
或对羞答答的女郎轻声耳语，
大胆向她们念这些诗句，
这些也同样徒劳无益。

一二

不幸的人们啊，自己判断，
你们干的是些什么勾当；
你们用无聊的声音和字眼
散播着恶习，教人们放荡。
将来在帕拉斯[①]的法庭面前，

① 指希腊神话中的智慧女神雅典娜。

你们不会享有奖赏和花环，
我知道，半是眼泪半微笑，
你们认为这些最重要。
你们是为女人的虚荣而生，
人们的议论你们全不理睬，
我可怜你们……你们很可爱，
骄傲的连斯基可不像你们，
每个做母亲的都会乐意
叫自己的女儿去读他的诗。

在草稿中最后一节有一个注释：

母亲吩咐女儿去读它。

皮隆[①]

这行诗已家喻户晓。我们发现，皮隆的作品（除了他的《梅特罗马尼》）只有那些即使暗示一下也不能不有损体面的诗作才是好的。

和上述几节诗连在一起的还有一节诗，只保留在草稿中：

但是这位善良的青年
正准备去建立丰功伟绩，

① 这一句原文为法语。皮隆（1689—1773），法国戏剧家，年轻时写过一首艳诗。上述一行诗引自他的喜剧《梅特罗马尼》第三幕第七场。

他秉性严峻，志存高远，
不会再去写那些荒唐诗；
但这位正派人已疲惫不堪，
谎言使他戴上了锁链，
这最后一夜在牢房当中，
燃着一盏昏黄的小灯，
就在这凄清的死寂时刻，
他也不对你的诗稿瞧一眼，
他不用那只纯洁的手在墙边
涂写你那自由的诗歌，
作为无声而苦涩的祝福，
献给一位未来的囚徒。

第十四节　誊清的手稿中这一节的结尾是：

可笑的是作出自我牺牲。
对于一个十六岁的青年，
情绪激动尚可以容忍，
谁情绪激动定是个诗人，
要不就是想表演一番，
让轻信的公众欣赏他的技艺。
可我们算什么？……我的上帝！

这一节下面是：

不过叶甫盖尼比较厚道，

他只不过是不喜爱世人，
他也不认为有什么必要
去随便左右社会舆论，
他不会叫朋友去当坐探，
虽然他认为法律、行善、
对祖国的爱，还有权利——
不过是一些相对的词语。
他懂得什么叫做必要性，
自己的安宁即使是一瞬，
他也不让给任何一个人，
但是他尊重别人的决定，
尊重追求名誉的胜景，
也尊重天才和内心的真诚。

第十六节　下面的草稿：

他们从重要的话题谈起，
谈话常常涉及俄国人，
有时对诗人也加以评议。
对我们一些刚完成的作品，
叶甫盖尼常常加以评判，
这些作品都值得称赞，
弗拉基米尔……仔细听取，
垂下了眼睑，叹了一口气。

第十七节　第四至十四行誊清的手稿原为：

奥涅金谈起这种事情，
就像谈朋友的背信弃义，
他们早就长眠在坟墓里，
在世上他们已踪迹全无。
但从他嘴里有时也发出
一种不由自主的声音，
一声令人惊奇的长叹，
连斯基觉得，这是一种表现，
表达了他难以平息的苦闷，
千真万确，这的确是爱情，
要掩饰它实在是徒劳无功。

在这份手稿上，下面还有三节诗：

在他饱受煎熬的心头，
哪一种感情不曾沸腾？
它们平息下来才有多久？
可是等着瞧，它们会苏醒。
谁要是体验过这种波澜、
激情、甜蜜、在迷醉中飘飘然，
却能丢下它，他就有福气；
更幸福的是，未曾为他入迷，
用分手来摆脱热烈的情网，
用恶语咒骂来平息仇怨，

和朋友与妻子一起打呵欠，
不为忌妒的痛苦而断肠。
至于我，这种炽热的情感
也曾在我的胸中掀起波澜。

*

赌博狂！无论是自由的恩宠，
无论是福玻斯、声名和酒宴，
在那些已往的年代都不能
让我摆脱对纸牌的迷恋；
我心事重重，从黑夜到白日，
总是准备在这些年月里
祈求命运许给我的祝愿：
杰克[①]是不是出现在左边？
已经响过弥撒的钟声，
对着一副副撕破的纸牌，
困顿的庄家已瞌睡起来，
而我，眉头紧锁，精力旺盛，
脸色煞白，满怀希望，眼睛紧闭，
把赌注押上第三张爱司。[②]

---

① 杰克即是扑克牌中的J，出现在左边是赢牌。

② 在这一节中普希金曾经改写，准备用在奥涅金身上。第三、四行改为：

在已往的年代里都不能
让奥涅金摆脱对赌博的迷恋。

第六行改为：

在从前那些年代里，他总是

第十二行改为：

脸色煞白，眉头紧锁，精力旺盛。

*

如今我这与世无争的隐士
已不相信难得出现的幻想，
即使可怕的赢牌[①]出现时
未卜输赢，我也不把宝押上；
我把记账的粉笔放在一边，
“且慢”[②]，这个致命的字眼
也完全不挂在我的嘴上，
就连韵律也要搜尽枯肠。
你想做些什么？在我们中间，
这一切我都已经厌弃，
过几天，朋友们，我想试试
写几首没有韵律的诗篇，
虽然，“这要下十六倍的赌注”[③]，
但对我会有很大的好处。

第二十一节　最初的誊清稿末了几行是：

因此弗拉基米尔总是
把奥丽加看成心爱的女伴；
清早不见她便情思绵绵，
和可爱的奥丽加不在一起，

---

① 原文为 pyте，赌博行话，即经常可以赌赢的一张牌。
② 赌博行话，意为等一等再分牌，我还要下注。
③ 赌博行话，原文为法语 quinze et la va，即下比最初大十六倍的注。

他便跑遍芊绵的草坪
和花丛，去寻找她的芳影。

第二十二节　誊清稿下面还有两节：

那姑娘是谁，他无须凭借
什么伎俩就能吸引她的视线，
每个白天和每个黑夜
他都把心头的思念向她奉献？
她是贫穷邻居的小乖女，
未见过京城有害的游戏，
她出落得如花似玉而纯真，
在她那慈爱的爹娘心目中
她俏丽得如铃兰花一般；
它深藏在芊绵茂盛的草丛里，
连蝴蝶和蜜蜂也不曾注意，
这小花没等到露水晒干，
也许有一把致命的镰刀，
轻轻一挥就会把它割掉。

*

无论是任性的法国女教师，
无论是英语血统的脓包——
按照俄国流行的规矩，
他们至今仍不可缺少——

都没有往坏里把奥丽加教授。
法捷耶夫娜用她衰老的手
常为她轻轻摇动着摇篮。
是她为奥丽加叠被铺床，
是她周到地服侍奥丽加，
常给她讲述鲍瓦的故事，
还把她如丝的鬈发梳理，
每天早晨给她沏好茶，
教她学会把“免我们的债”[①]背诵，
因此无意中把她娇纵。[②]

第三十一节　下面的草稿开头几行是：

她们习惯于在一起喝茶，
一起去邻居家说话聊天，
节日里去教堂做弥撒，
在夜里打鼾，白天打呵欠，
乘着马车到处去办事，
吵架，每个礼拜去沐浴……
. . . .

---

① 基督教祷文中的一句，指背诵祷文。
② 普希金曾将这一句改写，用在达吉雅娜身上：都没有教坏可爱的达吉雅娜，等等。

第四十节　在誊清的手稿中这一节之后还有结尾的一节：

但是，世事也许都是这么办，
它百倍地符合生活真实，
破烂不堪，沾满灰尘和油烟，
我这篇尚未说完的故事
被女仆往盥洗室外一扔，
在前厅结束它耻辱的一生，
就像一册旧年的历本，
或者读破的识字课文，
有什么办法，在客厅或前厅，
读它的人都一样无知，
对书本都有同样的权利。
我不是第一人，也不是最后一人，
听到他们对我的评论，
是那么刻薄、严厉和愚蠢。

第三章

第五节　在这一节下面草稿中还有一些诗句，表明情节的另一种发展：

我们的叶甫盖尼躺在床上，
眼睛望着拜伦的作品，
这个晚上，他心潮激荡，
达吉雅娜牵动着他的心。
第二天拂晓前他已经苏醒，
心中还萦回着达吉雅娜的倩影。
“真是新鲜事，”他暗自思忖，
“她莫非真是占据了我的心？
说句心里话，这真是三生有幸，
我真的要好好感谢自己；
走着瞧吧。”于是他打定主意，
好好地去拜访这位芳邻，
去得越多越好，哪怕每一天，
我不偷懒，他们也有空闲。

*

他下了决心，像连斯基一样，
叶甫盖尼立刻·······
··············
难道说奥涅金当真就这样
堕入情网？········

第十节　下面誊清的手稿：

一一

唉！朋友们！时光一如秋霜，
那些流行一时的时髦玩意
也一个一个变化着花样，
随着时光的流逝而绝迹。
人的天性中一切都在变化：
拉穆希①和箍骨裙时兴了一下，
宫里的纨绔少年和高利贷者
都曾把扑粉的假发戴过；
生性多情的诗人时时
为了博取名声和欢悦，
便竭力挖空心思写些
精致的题词或俏皮的讽刺诗；
英勇的将军尽管忠于职责，
却往往胸无半点文墨。

① 十九世纪初期已不流行的一种牌戏。

第十八节　手稿中这一节有一段注释：

有人问一个老太太："老婆婆，你出嫁的时候害怕吗？""可害怕啦，亲爱的，"她回答，"管家和村长都说要打得我半死。"从前结婚就像审判一样，常常很不公正。

第二十一节　在誊清的手稿中这一节下面还有一节：

现在我恰好有些闲暇，
应该为达吉雅娜辩护一番——
我预见到，嫉妒的时髦批评家
马上要发表一通高见：
"难道说不能预先教导她，
那性格内向的达吉雅娜，
让她懂得基本的礼仪；
另一个方面，诗人也欠考虑：
难道说她第一次遇到奥涅金，
就真的能够一见钟情，
为此迷恋他，是什么让她心动？
他的智力如何？是哪些言论
一下子让她神魂颠倒？"
等一等，朋友，且让我把道理奉告。

第二十三节　誊清的手稿中在这一节下面最初是：

而你们，出名的风流娘儿们，

我爱你们，虽说这很罪过，
你们把微笑和假意虚情
慷慨而热烈地献给每一个，
对他们把秋波频频传递，
谁不信那娓娓的甜言蜜语，
你们就送上一个甜蜜的吻，
谁想要——请便，准能称心。
从前只要你们一个媚眼
就已经使我颠倒神魂，
而今我只是佩服你们，
冷酷的经历已让我冷淡。
但我准备给你们帮忙，
而且吃得下，睡得也香。

第二十四节　誊清的手稿中下面还有两节：

而你们，豆蔻年华的一群，
瞒着亲人，便谈起了爱情，
并且怀着一颗柔情的心，
去回味年轻人幽会的情景
和甜蜜的情意，去憧憬，去相思，
也许你们做过这样的事：
收到情人寄来的信，便暗地里
拆开上面秘密的印记，
或者把一绺珍贵的鬈发
怯生生地交给那只大胆的手，

甚至在分手的悲伤时候，
含着泪，激情难以按捺，
默默地允许自己的情人
给你一个战栗的爱吻——

*

那你们就别无情地指责
我的达吉雅娜，说她太轻浮，
你们不要冷酷地学舌，
把迂腐法官的评判重复。
而你们，无可指责的少女，①
哪怕一点点罪恶的影子，
都会像毒蛇让你们断魂，
我也要这样奉劝你们。
谁知道，也许有朝一日
你们也会燃起火热的情焰，
那时不胫而走的蜚语流言
就会大事渲染，说它是
某个时髦英雄的新胜利：
因为那爱神正在找你。

第二十六节　在誊清的手稿中最初这一节下面还有两节。普希金曾将这些删去的诗节中的部分诗句移到《奥涅金日记》

① 此处影射骑士的口号：无所畏惧，无可指责。

中（参见《别稿》第七章《奥涅金日记》第七节）。

一些权威的学者指出，
由于外国人的无端责难，
我们总是疯狂地低估
祖国语言的宝贵财产。
我们爱外国缪斯的玩意，
爱丁当响的外国方言土语，
而不读自己出版的书刊。
可它们在哪里？快拿来看看。
不用说，北国语言的音响
听起来让我感到悦耳而温馨，
我的斯拉夫灵魂喜欢它们，
那语言的音乐常为我扫荡
心头的苦痛……但是诗人
仅仅是喜欢它的声音。

*

可是我们在哪里发现
最初的思想和最初的见闻，
在哪里运用自己的经验，
在哪里了解土地的命运——
并不是在恣意篡改的翻译里，
也不靠陈腐过时的书籍，
那里俄国圣人和俄国灵魂

总是重弹老调，以假乱真。
我们的诗人都在搞翻译，
不把散文写作。只有报刊上
充斥着装腔作势的捧场，
而且粗野地骂街，叫人即使
不睡着也要无聊得打呵欠，
而俄国的赫利孔山[①]却气象万千！

第三十二节　草稿中第五至十四行原为：

时候已不早，月色已暗淡，
静静的晨曦把它的光线
透过菩提枝投进她的门窗，
可我们的姑娘还是一个样，
她呆呆地用臂肘支着身子，
床铺·········火焰，
从她那雪白迷人的双肩
微微滑下轻柔的寝衣，
一绺鬈发落在眼睛旁，
一滴眼泪落在胸口上。

接下去是：

她坐在床上心慌意乱，

---

① 此处指俄国诗坛。

达吉雅娜几乎喘不过气，
对于这封信她实在不敢
再读一遍，写下自己的名字，
她想：会说些什么，众人？
接着写下两字：Т.Л.[①]

第三十六节　誊清的手稿中原文为：

这会儿她的心猛跳不停，
她那样痛苦，像大祸来临。
这可能吗？我做出了什么事情？
上帝啊！我为何要写这封信！……
对妈妈她不敢抬抬眼睛，
脸上一阵煞白一阵红，
整天垂着双眼，默默无言，
差点哭出声来，浑身打颤……
奶妈的孙子很晚才回家。
他见到了那位邻居本人，
亲手交给他那封书信，
那邻居怎么样？他只是骑上马，
把那封书信放进衣袋里，
啊，这段爱情会有什么结局！

---

① 应读为 твердо，люди（坚定，人们）。——原注
译者按：这两个字母也是“达吉雅娜 · 拉林娜”的缩写。

这一节的第一至五行另一稿是：

那奶妈刚刚转身走开，
可怜的姑娘像大祸来临，
心儿剧烈地跳动起来，
她大叫：上帝！我做了什么事情！
她起了床。不敢抬眼看妈妈。

草稿中《女仆们的歌》是：

歌

杜尼亚边往路上走，
边求天保佑。
杜尼亚一边嚎一边哭，
把情哥送上路。
情哥出门要到异乡去，
那遥远的土地，
哎哟这遥远的异乡，
叫我多心伤！……
异乡尽是小媳妇，
俊俏的村姑，
撇下我年轻的杜尼亚
苦苦守活寡。
记住我年轻的媳妇，

别叫我嫉妒。
有时把我来想念，
哪怕是偶然。

第四章

这一章的开头几节未收入正文，但曾单独发表于一八二七年十月号的《莫斯科导报》上。

女　人

《叶甫盖尼·奥涅金》片断

俏丽、狡黠、柔弱的女性
曾主宰过我生命的初期，
那时我把她们共有的任性
看成不可违背的法律。
我的心才开始燃起烈焰，
女人在我的心中已俨然
一尊冰清玉洁的神灵。
她是那么完美而晶莹，
立即主宰了我的智慧和感情。
寂静中我在她面前沉醉，
对于我她的垂青和情意
是一种不可企及的荣幸。

在她可爱的脚下生存和死亡——
除此我没有别的愿望。

*

可是我突然对她痛恨咬牙，
我浑身战栗，泪眼模糊，
怀着惆怅和恐惧看出她
是某些凶神恶煞的造物；
她那穿透一切的目光、
笑容、声音和说短道长——
身上的一切都被毒汁浸遍，
暗含奸险、恶毒的背叛，
她身上的一切都渴求着呻吟
和眼泪，把我的血频频吮吸……
可我突然看出她是一尊大理石
雕像，虽冷若冰霜、默不作声，
但面对皮格马利翁①的恳求，
很快会变得热烈而风流。

*

一位有远见的诗人说过一句话，

① 希腊神话中的塞浦路斯王，雕刻家。一次雕了个少女像，并爱上她。爱神阿佛洛狄忒有感于他的真挚，赋予雕像以生命，二人遂结为夫妻。

请让我用它来表达我的思想：
“捷米拉、达佛涅，还有莉列塔，①
都像梦一样被我遗忘。”②
然而她们中还有个佳丽……
唯有她还让我久久地入迷——
但有人爱过我吗？……是哪位红颜？
在哪里？爱了多久？……这一点
你又何必知道？问题不在这里。
过去的已过去，那事太荒谬，
重要的在于，从此以后
我已经完全灰心丧气，
面对爱情，我心扉紧闭，
那里只有黑暗与空虚。

*

我这才知道，女士们也会
违背自己内心的秘密，
凭良心评价自己的作为，
令我们惊奇感叹不已。
我们自作聪明欢天喜地，
让她们觉得十分滑稽，
确确实实，从我们这边说，

---

① 捷米拉和莉列塔都是虚拟的女人名字，达佛涅是希腊神话中的女神，为逃避阿波罗的追求，变成月桂树。
② 这两行诗引自杰尔维格的《法尼》。

惹人笑话，实在罪有应得。
我们不小心落入圈套，
等待着给我们爱情的恩赐，
呼唤着爱情，如醉如痴，
仿佛一祈求就可以得到
从蝴蝶或者百合花那里
施舍的爱情和深厚的情意！

第四节诗曾经过反复推敲修改。在这一节后面普希金的初稿是：

我要向您承认，那时候
我只享受着一种乐趣，
迷恋女人让我享尽温柔，
事情过后我却懊悔不已。

第三节原来写成另一种样子（缺头四行）：

然而那个诱人的哑谜
并没有长久让我苦想冥思，
是她们帮我把谜底揭开，
把这个词向我细说明白，
世人早已熟知这个词，
可以说早就没有一个人
觉得这个词能让人忍俊不禁。

因此当我终于解开这个谜，
曾这样说过：你们看，朋友们，
我这个人啊，是多么愚蠢。

第四节之后开头的第一节和定稿中的第八节相同。第四节有另一种草稿：

时髦的公子哥儿当然可笑，
那都是老牌的福布拉斯，
他讨好美人儿地地道道，
你们吃苦头也是命该如此。
但有一种人却很可怜，
他不会要手段，把崇高的情感
一下子付托给美好的幻梦，
成了美人儿手下的牺牲；
他在百般地小心讨好，
一心等待着爱情的恩赐，
呼唤着爱情，如醉如痴，
仿佛一祈求就可以得到
从蝴蝶或者百合花那里
施舍的爱情和深厚的情意！

接下去还有几行：

与人共享欢乐，幸福欢畅，

独自体验感情，聪明自信，
不放纵难以自制的欲望，
能自爱，他就是自己的主人。
当那热烈奔放的爱情
重新飘然来到他身边，
他接受时并不忘情缱绻，
撇下它也不感到扫兴。
. . . .

这几行下面还有一节：

为情欲而辗转折腾的心境
过去了，它已一去不复返！
心灵在打盹，麻木不仁，
爱情已不能再把它扰乱。
恶习的虚幻无聊的美丽
闪亮一时，已不招人欢喜。
青春时期的种种罪愆，
该用我的生命来赎还！
流言蜚语曾大肆渲染，
玷污我一生最初的时日，
而诽谤刚刚取笑过友谊，
现在又跑来推波助澜。
幸而流言盲目的评判

有时也会被事实推翻！[①]……

第十七节　起初下面还有一节，被作者从誊清稿中删去：

可是你啊，普斯科夫省，

我少年时代温馨的摇篮，

还有什么，你这荒僻的省份，

---

① “俏丽、狡黠、柔弱的女性”及以下几节最初用作奥涅金对达吉雅娜说的话。最后一节（“为情欲而辗转折腾的心境”）下面还有一些残句：

我真诚地向您袒开胸怀

. . . .

是的，我不会说出轻薄的话，
骗取美好心灵的信任，
往您的胸中灌输毒汁，
我定会感到有愧于心。
是的，您是位值得爱的少女。

接着是：

当然，不是一切，毫无疑问

. . . .

要找到例外都是可能，
您是一个活生生的例子，
我向您发誓，一般来说，
女人们自己并不懂得，
她们为什么要拿它……

第九节（见正文第四章第九节）在这些草稿下面，最初是用第一人称写作的：

在火热的情欲中放纵无度，
寻求声色犬马的刺激，
年轻时的狂放，长久的迷误，
在这些罪孽中我把青春虚掷，
等等。

同一节以下列两行结束：

我虚度了许多许多时辰，
糟蹋了一生中最美好的青春。

但普希金放弃了这个方案，写了第十二节，把头几节安排成没有人称的思考，接着应该是改写过的第九节：

这正是叶甫盖尼的所思所想。
等等。

在即将付梓时，本章的开头才以最后的样子确定下来。

比你的小姐们更令人讨厌？
顺便说说，这些小妞儿
既缺乏名门闺秀的知书达理，
也没有风骚女人的风流多情。
我出于对俄罗斯灵魂的尊重，
可原谅她们的播弄和傲慢、
世代相传的玩笑的俏皮、
不注意卫生和一口黄牙齿、
装腔作势和猥琐淫乱，
可我怎能原谅那流行的呓语
和那愚蠢至极的礼仪？

第二十四节　草稿中第五至十四行最初写成另一种样子。从这一节的第一稿可以看出，普希金曾设想直接转向达吉雅娜的莫斯科之行，而不写奥涅金和连斯基的决斗：

亲戚们个个摇头叹息，
邻居们私下窃窃私议：
她早就到了出嫁的时候。
母亲也曾经想到，悄悄
向一些朋友寻求主意，
朋友们纷纷劝她，到冬天
全家动身去莫斯科看看——
说不定在社交界的人群里
能为达吉雅娜找到个新郎，

他更可爱些或运气更顺畅。

这一节下面是一节草稿：

人们已经不是第一回
为我的达吉雅娜说媒提亲，
每一个人都提前准备
为拉林家喜得佳婿而欢庆。
・・・・・・・有些人常常
真心实意要找她，可姑娘
至今仍一概拒之门外，
老母亲为此还得意称快。
芳邻一一提到小伙子的名姓，
还扳着手指头说到每个人，
最后难免谈到奥涅金，
接着展开热烈的论争，
人们已经在预言，过几年
・・・・・・离婚不可避免。

下面草拟过一节诗，后来普希金将其中一部分移入第七章（第二十七节），其余移入第四章第十一节：

老太太确实很欢迎
这个聪明而好心的建议，
她盘算了一番，立刻决定

前往莫斯科，就在这冬季，
阳光已经不那么灿烂，
天空中已是秋意缠绵，
等等。

下面写了两节：

当春天的气息向我们传递，
天空突然间显得开朗，
我喜欢立即伸出手去，
打开防寒的双层玻璃窗。
我怀着一种郁郁的欣喜，
迎着富有生气的凉风拂煦，
深深地沉醉，可对于春天，
我们并不是那么喜欢，
它遍地泥泞，没有鲜花开放；
草地上赏心悦目的烂漫，
徒然诱引着我们的视线；
歌手不在水边上吟唱，
没有紫罗兰，也没有玫瑰，
田野上只有被践踏的粪肥。

*

我们北方的夏天是什么样？
——南国冬天的不成功翻版。

大家都知道，它好景不长，
虽然大家不承认这一点。
没有玫瑰、浓荫和林涛，
命中注定只有寒风呼号，
猖獗的暴风雪，铅灰色的天空，
银白色的树林，树叶凋零，
积雪的旷野上银光闪闪，
雪橇的滑铁在咝咝悲鸣，
只有马车和粗犷的歌声
响起在寒冷阴暗的夜晚，
澡堂的蒸汽，双层的玻璃窗，
还有煤气味、长袍和炉炕。

第三十六节　第一版第四章曾发表过：

我的目光往远处把它们寻搜……
这时一个射手悄悄走进林莽，
他又诅咒诗歌又吹口哨，
小心翼翼地开了一枪。
每个人都有他的爱好，
有他喜欢的事情要操劳，
有的喜欢打打野鸭子，
有的像我胡诌几句诗，
有的拍拍讨厌的苍蝇，
有的一心想统治民众，
有的喜欢玩一玩战争，

有的在悲伤的感情中销魂，
有的一直沉迷在美酒中，
善和恶就是这样分不清。

在这个版本上普希金曾把第八和第九行改为：

有的像我写写讽刺诗，
用它们打击杂志里的野禽。

第三十七节　誊清的手稿中有这一节的最后两行和第三十八节：

并且换好衣裳……不过你们
未必肯穿戴这样的衣巾。

*

他穿一件俄罗斯衣服，
丝绸的围巾像条宽腰带，
帽子像座活动的房屋，
鞑靼式呢上衣敞开胸怀。
这样的装束真叫人吃惊，
既有失体统，又荒诞不经①，

---

① 这里所描写的奥涅金的装束和普希金本人在米海洛夫村的打扮是一致的。总的来说，在这一节和下一节中有许多自传性成分。“在《奥涅金》的第四章中，我描写了自己的生活。”普希金在给维亚泽姆斯基的信（1826 年 5 月 27 日）中写道。

有人为此而深感痛惜，
其中有普斯科夫的杜林娜女士，
还有一位米律奇科夫先生。
叶甫盖尼对此嗤之以鼻，
也许并不知道有这种非议，
他全然不为迎合他们
而去改变自己的个性，
为此亲友们都难以容忍。

第四十一节　手稿中对“竭尽全力往山里奔命”一句作了如下注释：对这行诗韵律的批评是不公正的，○——○——○　○○——是四音步抑扬格的一种变体，而且（和这种诗韵）是完全一致的。

后来一路上都默默无言。
○——○　○○——○——

第五章

第三十节　最初以描写达吉雅娜的昏厥结束：

客人的祝贺她没有听见，
泪珠滚动在她的双眼，
这可怜的人儿突然倒下，
晕倒在地上，人们匆匆
把她抬出门外；慌乱中
客人们都在叽叽喳喳，
大家一起瞧着奥涅金，
仿佛这事都怪他的来临。

第三十七节和第三十八节　曾在这一章的第一版时发表：

三七

在描写酒宴上我可不甘心，
要和你的诗神比个高低；
但我要襟怀坦白地承认，
有些方面你比我完美：

你那些勇猛无比的英雄，
你描写的那些不义战争，
你的宙斯，你的爱情女神，
比我那性情孤傲的奥涅金，
比我笔下的伊斯托敏娜，
比我那迷离乏味的田地，
比我们那些时髦的教育，
都显得更为精深博大；
但我的达尼亚（我敢发誓）
比你那淫荡的海伦更清丽。

三八

这一点谁也不会有争议，
虽然墨涅拉俄斯为了海伦
过了一百年还没有停止
对可怜的弗利季亚的严惩。①
虽然在可敬的普里阿摩斯周围
召开过别加姆②的长老会议，
由于妒忌她而重新裁夺：
墨涅拉俄斯和帕里斯都没错。
至于那场战争的结果，

---

① 希腊神话：海伦是宙斯的女儿，美艳无比。许多英雄向她求婚，她嫁给了斯巴达王墨涅拉俄斯。特洛伊王子帕里斯得到爱与美的女神阿佛洛狄忒的帮助，趁墨涅拉俄斯外出，诱走了海伦，由此引起持续十年的特洛伊战争。弗利季亚是小亚细亚北部的古国，特洛伊城所在地。

② 别加姆是特洛伊城的城堡。

我要恭请您稍等片时，
请您耐心继续读下去，
对开头的要求不要太苛刻；
我决不撒谎，会写到战争，
我可以许诺，我向您保证。

第四十三节　誊清的草稿中有这一节，在第一版中发表过，但缺头四行：

就像在练马场上，驯马师
用鞭子赶着烈马跑圆道，
在激动人心的舞会上，好多男子
拉扯着姑娘，赶她们往前跑。
彼杜什科夫，那退休的办事员，
把鞋钉和马刺敲得响破天，
布雅诺夫的鞋跟简直
把周围的地板都敲个粉碎；
噼啪声、跺脚声、轰鸣声相继爆出，
“走进林深处，树木一大片”①，
这会儿轮到小伙子们来表演，
多热闹，只差没跳矮子舞。
哎哟哟，轻点，轻点，鞋子
可别踩着女宾们的袜子！

① 俄国谚语：意思是越往下看越有好戏。

第六章

第十五节和第十六节　被普希金删去，这两节诗曾保存在一个手抄本中。[①]

一五

是的，是的，因为爱妒忌
是一种毛病，就好像疫病，
好像沉重的忧郁症和疟疾，
神经受到刺激，像发疯。
它会像高烧一样大暴发，
它会头脑发热，说胡话，
为幻觉所惊扰，会做噩梦，
上帝饶恕，我的好友亲朋！
那是一种致命的折磨，
世上没有更难忍受的酷刑，
请相信我的话，谁若能坚忍，

① 这两节诗是从雅·格罗特（1812—1893，俄国语文学家）根据弗·费·奥陀耶夫斯基（1803/1804？—1869，俄国作家）的手抄本所发表的资料中了解到的，现该手抄本已散佚。

即使要跳进滚烫的油锅，
即使要把头置于刀斧下，
他也不会有半点害怕。

一六

我不想用毫无根据的责备
去惊扰坟茔里的宁静，
你已不在人世，啊，少女，
在我狂放的年轻岁月中
你曾经给予我可怕的教训，
也给我天堂般甜蜜的一瞬。
就像在教导幼稚的儿童，
你一边折磨柔弱的心灵，
一边教会他深沉的悲痛。
你用柔情让我热血激荡，
你在我的热血中燃起情焰，
你燃起的妒火是那么凶猛；
但那沉重的日子已过去，
折磨人的幽灵，愿你安息。

第三十四节　在普希金的遗稿中有两节诗的草稿，看来属于本章这个地方。[①]

① 在草稿中，这一节显然是写1814年2月23日的克兰之战。在这场战役中指挥俄国军队的是帕·亚·斯特罗加诺夫，得知儿子的死讯后，他将指挥权交给沃隆佐夫，沃隆佐夫则将这场战役的胜利归功于自（转下页）

战斗中勇敢很值得赞扬，
但在这豪勇的世纪谁不勇猛？
一切都在猛烈搏斗、无耻撒谎，
英雄，他首先也是一个人。
多愁善感往往很时髦，
这也是我们北方的情调。
当一颗火热滚烫的霰弹
把脑袋打落朋友的双肩，
你就哭吧，别害臊，请痛哭一场，
连恺撒也曾泪满衣襟，
当他知道朋友的死讯，
而且自己也受了重伤
(我忘记伤在哪里，如何受伤)，
他不是傻瓜，这很正常。

(接上页)己。普希金有可能从谢·沃尔康斯基的叙述中了解这一情节。沃尔康斯基后来曾在回忆录中写到这件事。

关于“连恺撒也曾泪满衣襟”一句。此处普希金记错了普卢塔克所作恺撒生平的故事：有人将被杀害的庞贝的头献上时，“恺撒害怕地转过头去，但接过庞贝的印记后哭了”。普希金未清楚记住历史事实一节，可以从另一草稿中得到判断：

连卡西乌也痛哭流泪，
当他知道布鲁图的死讯……

这大概是想起普卢塔克著作的另一处：布鲁图在卡西乌死后“曾伏在他的尸体上痛哭，说卡西乌是最后一个罗马人——因为罗马不可能再出现一个有崇高感情的人”。

普卢塔克（约45—约120），古希腊作家、历史学家。主要著作有《希腊罗马名人比较列传》《道德论》等。

卡西乌（？—前42），古罗马刺杀恺撒的主谋之一。

布鲁图（前85—前42），公元前44年古罗马（与卡西乌）反对恺撒的主谋者。传说他第一个用匕首刺杀恺撒。

*

但没有受伤也可以为之哭一阵，
假如他是个很亲切的朋友，
他没有不小心激怒过我们，
并且满足过我们的怪念头。
但如果有一个不幸的农妇，
浑身是血，而且瞎了双目，
在烟火之中，当着父亲的面，
把一只飞来的小鸟猛砍！
啊，多可怕，多悲惨的一瞬！
啊，斯特罗加诺夫，当你的孩儿
在战斗中倒下，只剩你一个，
你忘却了荣誉和这场战争，
把你激励下获得的战绩奉送，
给别人增添了战斗的光荣。

*

像悲惨的呻吟，像坟茔中的阴冷……
. . . .

第三十八节　是从一份保存下来的稿本中了解到的，其中缺最后两行：

一生做过许多有害的事，

而没有留下多少善行，
唉，他也能在整整一期
报纸中被人齐声赞颂。
他教导过人们，也曾将同伴愚弄，
在雷鸣般的掌声或咒骂中，
他能够走完这可怕的道路，
为的是能够流芳千古，
最终走进长眠的坟茔，
像纳尔逊[①]或我们的库图佐夫，
或者像被绞死的雷列耶夫[②]，
或者像被送去流放的拿破仑。
....
....

① 纳尔逊（1758—1805），英国海军统帅，曾在海战中多次击败法国舰队，最后在特拉法尔加海战中负伤身亡。
② 雷列耶夫（1795—1826），俄国十二月党人领袖，被沙皇处绞刑。

第七章

第八节和第九节　有草稿，发表时删去：

八

然而有一天傍晚时分，
少女中的一个来到这里。
看来她心中难以平静，
满怀着深沉的哀思与愁绪；
她心中似乎忐忑不安，
含着眼泪在情人的尸骨前
站立，低低地垂下她的头，
交叉着双手，不断颤抖；
这时候一个年轻的枪骑兵
步伐飞快，匆匆把她追上，
他紧束着腰带、挺拔、满面红光，
两撇黑胡子显得好英俊，
他向前俯下宽阔的肩膀，
马刺威风地铮铮作响。

九

她看了一眼那个大兵，
他眼中燃烧着怜惜的烈火，
她脸色煞白，长叹了一声，
紧闭着嘴唇，一句话也没说；
连斯基的未婚妻默默无言，
跟着他从这凄凉的坟墓前
渐渐地离去——从此以后
再也没有走出那山沟。
是啊！　正是冷漠的遗忘
在坟茔那边等待着我们。
仇敌、朋友和情人的声音
都突然沉寂，只有那一帮
气势汹汹的继承人正为田产
展开一场无耻的舌战。

普希金在删去第九节之后，将这一节的末几行移至第十一节，在草稿中结尾是：

至少他那妒忌的幽灵
在这一令人悲伤的日子，
在喜神所喜欢的良宵之时，
没有走出他长眠的坟茔；
那坟墓中的憧憧幽魂
并没有去吓唬这对新人。

在誊清的手稿中，接在第二十一节下面的是有关《奥涅金日记》的描写和其中的记载，在发表时这些内容都已删去：

二二

边缘镶着镀金的银框，
看起来是那么美观典雅，
奥涅金的手在这本日记上
写满了文字，画满了图画。
在一些难懂的涂抹中间
闪烁着他的思想与观点，
涂满了人像、数字、姓名
和字母，以及秘密的图形，
书信的草稿、片言只字，
总之，日记中有真实的记载，
奥涅金在他的青年时代，
在这里流露了他心中的秘密。
这里记录了他的理想和戏言，
让我摘几段给你们看看。

奥涅金日记

一

人们不喜欢我，常对我中伤，

男人们看到我感到腻烦，
小妞儿在我面前颤抖惊慌，
太太们也常向我投来白眼。
为什么？因为我们乐于
把谈话当作一件正经事，
爱胡言乱语的人爱胡言乱语，
蠢事既轻率又充满阴鸷；
因为骄躁的心一时疏忽
就会取笑或者是折辱
自尊心很强的渺小人群，
聪明人想自由发展，便排挤别人。

二

“你们怕不怕伯爵夫人某某奥娃？”
K 家的爱丽莎对他们说。
“是的，”严肃的某某回答说，
“我们怕伯爵夫人某某奥娃，
就像你们害怕蜘蛛一样。”

三

《古兰经》里许多有益的叙述，
譬如，在每天就寝之前
要祈祷，免得误入歧途，
要敬神，不和愚人争辩。

四

田野上的鲜花，橡树上的绿叶，
在高加索的溪流中会变得僵硬，
而那活泼和温柔的禀性，
也会在激荡的生活中被毁灭。

五

六日去B家参加舞会，
大厅里宾客没有几位，
R.C. 像天使一般标致，
她的举止多么洒脱从容，
她的笑容、慵倦的神情，
显示出怎样的温柔与心智！

下面划掉两行：

她说过（这一点值得注意）①，
明天要到赛莉麦娜②那里去。

---

① 原文为拉丁语。
② 赛莉麦娜是莫里哀的喜剧《愤世嫉俗》中的女主人公。此处指扮演赛莉麦娜的女演员。

六

今天晚上 R.C. 对我说，
很久以前我就想见到您。
为什么？人家都对我说，
我以后定会对您怀恨。
什么缘由？因为您说话尖刻，
您对所有的人都爱大发
轻率的意见：您对大家
都那么鄙视。这全是胡说。
您可以对我取笑嘲讪，
但您远不是如此危险；
到如今不知您是否知道，
其实您非常善良友好。

七

一些权威的学者指出，
由于外国人的无端责难，
我们总是疯狂地低估
祖国语言的宝贵财产。
我们爱外国缪斯的玩意，
爱丁当响的外国方言土语，
而不读自己出版的书刊。
可它们在哪里？快拿来看看。
可是我们在哪里发现

最初的思想和最初的见闻，
在哪里体验自己的试验，
在哪里了解土地的命运——
并不是在恣意篡改的翻译里，
也不是在陈腐过时的书籍，
那里俄国圣人和俄国亡灵
总是重弹老调，痴人说梦。

八

严寒加艳阳！奇好的天气，
但是看来我们的女士
懒得走下台阶到涅瓦河边
去炫耀一下冷峻的美艳。
安坐在家里，堤岸撒满沙子，
也无法引诱她们前去。
东方的方式确很聪明，
老人的习惯也很合理：
她们都是为闺阁而生，
甘愿把自己关在绣房里。

九

昨天在B家，散席之后
R.C. 像仄费洛斯[①]一样飞走，

① 希腊神话中的西风神。

我们这一群热闹的伙伴
跟在这妙龄嫔妃[①]的后边，
不理会人们的抱怨和责备，
飞下擦得锃亮的楼梯。
我从她那里正好听见
最后一句话的最后一个字，
我把一条黑色的貂皮
披上她光艳夺目的双肩，
对着她一头美丽的青丝，
我披上一块碧绿的头巾，
我为这涅瓦河的维纳斯
推开钟情于她的众人。

第十节未抄下来，只标明：

······——我爱您……[②]

接着是最后一节日记：

一一

今天有人把我介绍给她，
我瞧着她的丈夫有半个时辰，

① 此处是比喻。
② 普希金可能用这个办法标明他从第三章中删去的第二十三节（“而你们，出名的风流娘儿们”）后的一节。

有了官衔，他可以无所用心，

他是那么威风，染过头发。

草稿中还保存着几段日记：

我不喜欢 S.L. 公爵夫人！

那不由自主的卖弄风情，

追求这目标，她十分用心，

干脆作为手段，还比较可行。

*

她如此迫切，究竟想做什么？

是想说那头三个字母吗？

克—尔—尤—克溜……大概是酸果蔓[①]吧！

第四段日记的下文原为：

我们就这样以意志的坚定

来平息难以抑制的情欲，

用高傲的心灵来克服不幸，

用希冀来抚慰心中的伤悲。

然而怎样······排遣

---

① 克—尔—尤—克溜（К-Л-Ю）是酸果蔓（клюква）的头三个字母，酸果蔓的转义是“外行话”“错误可笑”。

苦闷，让人发疯的苦闷。

. . . .

第二十四节　草稿中这一节下面是：

我们要恭喜可爱的达吉雅娜，
因为她有了新的发现，
同时要把路径改变一下，
以免把主人公忘在一边。
打死了涉世不深的朋友，
奥涅金再也无法忍受
无聊的乡村生活的苦痛，
决定乘马车离家出行。
豪放的车夫打了个唿哨，
响起了清脆悦耳的铃铛声，
我们的奥涅金就此起程，
为寂寞的生活去寻找欢笑。
马车驶向遥远的地方，
去哪儿，他心中也很渺茫。

第三十五节　草稿中这一节下面是：

在奶妈的想象中，达吉雅娜
还是个乳臭未干的婴儿，
她竭力称赞，说尽好话，
对小姐说，到那里准很快乐。

她把莫斯科描绘一番，
说得天花乱坠，实是枉然。
· · · · · · · · · · · · ·

第三十六节　草稿结尾的几句是：

莫斯科！我是多么爱你，
你是我的神圣的桑梓！

第五十一节　有一段草稿属于这一节：

善于讽刺的格里鲍耶陀夫
在诗中把子孙描写得多生动，
就像冯维辛描写他的先祖——
他的舞会曾请来全莫斯科的精英。
· · · · · · · · · · · · ·

第八章

在将第八章（《奥涅金的旅行》）和第九章（定稿第八章）提交合并出版时，普希金写过一篇序言：

在我们这里，作者本人是很难了解到他的作品在公众中所产生的印象的。他只能从杂志上了解到出版者的意见，由于许多原因，这些意见是难以认真对待的。朋友的意见自然是有所偏袒的，而陌生人当然也不会当着他的面骂他的作品，虽然它也许是该骂的。

《奥涅金》第七章问世时，杂志的反应都很冷淡。如果它们的评判同它们对我的小说的前几章所说的话不是过于矛盾的话，我倒是乐于相信它们。在同一作品的第六章备受过分的、不应有的赞扬之后，再读到譬如下面这样的批评，我不能不感到纳闷：

“对于《叶甫盖尼·奥涅金》第七章这样的作品，难道能要求公众去注意它吗？我们起初以为，这是故弄玄虚，是开玩笑或者是可笑的模仿，因此在书商尚未向我们证实之前，我们不相信这个第七章是《鲁斯兰和柳德米拉》作者的作品。这个第七章（两个小小印张的作品）充斥了这样一些诗句和笑谈，相比之下，《叶甫盖尼·维尔斯基》倒还像那么回事①。在这个空话连篇的第七章中，既没有思想，没有感受，也没有值得欣赏的景象！彻底的堕落，chûte complète……我们的读者会问，这占了五十七页篇幅的第七章究竟在说些什么？《奥涅金》的诗句让我们入迷，也迫使我们用几行诗来回答这个问题：

那么，怎样消除达尼亚的苦恼？
这样：让姑娘坐上雪橇，
把她从那可爱的地方
拉到莫斯科的新娘市场！
结果是：母亲痛哭，女儿无聊，
第七章到此结束——句号！②

“正是这样。亲爱的读者，这一章的全部内容就是达尼亚被从乡村送到莫斯科！”③

有一份杂志说，第七章不会获得任何成功，因为时代和俄罗斯都在前进，而诗人却还在原地踏步。这种评断是不正确的（也就是说，其结论是不正确的）。如果说时代可以前进，科学、哲学和文明可以不断完善变化，那么诗歌则将留在原地，它既不会过时，也不会变化。它的目的只有一个，手段也还是那

① 我不得不在这里重提这句无礼的话，为此我请求这位我不相识的诗人原谅。从某些片断看，如果人们认为《叶甫盖尼·奥涅金》不如《叶甫盖尼·维尔斯基》，我丝毫也不会感到屈辱。——原注

② 这几行诗写得很好，但是其中的批评缺乏根据。诗人的创作可以选择最微不足道的对象，他要写些什么，批评家无须挑剔，只须考虑他如何描写。——原注

③ 此处引用的是法·布尔加林在《北方蜜蜂》上发表的文章。下面普希金对《莫斯科电讯》的编辑尼·波列伏依的意见提出商榷。

些。当古代天文学、物理学、医学和哲学的伟大代表的概念、著作、发现显得过时，而且每一天都在被取代的时候，真正的诗人作品总是显得清新而永远年轻。

一篇诗歌作品可能是贫弱、失败、错误的，这是由于诗人禀赋的不足，而不是因为时代离开诗人前进了。

大概评论家想说，《叶甫盖尼·奥涅金》及其全部哀歌对于公众来说已不是新闻，公众像杂志的撰稿人一样，已经讨厌它了。

但无论如何，我还是决定试试公众的耐心。这里还有《叶甫盖尼·奥涅金》的两章诗，至少是最新发表的……那些想在其中寻找引人入胜的故事的读者将会得出结论，认为这两章当中，故事情节比以前各章都少一些。我本想全部略去第八章，代之以一个罗马数字，但我害怕批评家。此外，其中一章的许多片断都已发表过。我想到，开玩笑的模仿之作可能被认为是对伟大而神圣的作品的亵渎，这也促使我放弃略去第八章的念头。但《恰尔德·哈罗德》是一部如此崇高的作品，无论人们用什么口气说到它，我都不会认为它是可以玷辱的。

1830 年 11 月 28 日

于波尔金诺

第一至二节　在已发表的正文中，普希金标明第二节略去十行。实际上在誊清的手稿中有一系列描写皇村学校岁月的诗节。

一

在皇村学校花园的那些日子，

我无忧无虑地快乐成长，
我爱读《叶里赛》[1]这首长诗，
而诅咒西塞罗枯燥的文章，
在那些岁月里，玩皮球更惬意，
我可不想读那希奇的长诗，
我视经院哲学为海外奇谈，
常翻过围墙跳进花园，
那时候我有时也用功学习，
有时很懒惰，有时很倔强，
有时很狡猾，有时很直爽，
有时很随和，有时很叛逆，
有时愁眉苦脸，默默无言，
有时怒气冲冲，话说个没完。

二

上课前我有时意乱神迷，
常视而不见，听而不闻，
我把嘴唇上的茸毛刮去，
说话时也尽量放低声音，
在那些日子里……在那些日子里，
我第一次注意到一个少女，
美妙的容貌，于是青春期的爱情
激动得我全身热血沸腾，

① 《叶里赛，亦名被激怒的巴克科斯》，瓦·迈科夫的诙谐长诗。

我在无望的相思中怅惘，
为被热烈的梦魂欺骗而苦痛，
到处去寻找她的芳影，
为她魂牵梦萦，情深意长，
整天价等待着片刻的见面，
虽内心痛苦却备尝幸福的甘甜。

三

在那些日子——在幽暗的树荫里，
在流向静谧山林的溪水旁，
在皇村学校走廊的角落里，
缪斯已开始来把我造访。
我那学生居住的斗室，
从来不曾有过欢乐嬉戏，
忽然变得如此辉煌灿烂！
缪斯为我大开灵感的盛宴。
再见吧，这些冷冰冰的学问，
再见吧，少年时代的游玩，
我是个诗人，我已经改变，
我的心灵中只有一些音韵，
它们百折千回，奔泻流转，
汇成一首首甜蜜隽永的诗篇。

四

饱受情窦初开的折腾，

缪斯一再对着我歌唱，
她一遍又一遍歌唱爱情
（且让年轻人把爱情颂扬[①]），
我应和着她的歌声，年轻友人
在我们课余的闲暇时辰
喜欢前来欣赏我的歌咏。
他们怀着满腔的热情，
特别看重兄弟的情谊，
为我送来第一个花冠，
让他们的诗人为它装扮，
他那羞人答答的缪斯，
啊，我天真年华的胜利！
在我心里，这梦想多甜蜜。

五

世界欢迎她，绽开了笑容，
最初的成功令我们鼓舞，
老杰尔查文发现了我们，
风烛残年还为我们祝福。
德米特里耶夫没有责骂，
那记载俄国风习的史家[②]，

---

① 原文为拉丁语。

② 史家指卡拉姆辛，他著有《俄罗斯国家史》；下文歌唱美好事物的诗人指茹科夫斯基。普希金在这里回忆1815年考试时见到杰尔查文、卡拉姆辛和茹科夫斯基的情景。

也放下典籍，倾听着我们，
对腼腆的缪斯热情关心，
而你，怀着巨大的灵感，
将一切美好的事物歌唱，
你，少女们心中的偶像，
难道不是你一心将我们偏袒，
难道不是你向我伸出手，
召唤我把纯洁的声誉追求。

草稿中还保存着一些诗节，其中一部分和誊清的手稿相符，但基本上是描写普希金皇村学校岁月里的详情。

在皇村花园中度过的那些时辰，
我无忧无虑像鲜花开放，
我爱读阿普列乌斯的作品，
却懒于阅读维吉尔的诗章。
我有时偷懒，干了些恶作剧，
爬上屋顶，潜入人家小窗里，
为鲜红的嘴唇和乌黑的眼睛
竟常常遗忘了拉丁语课程；
有时一缕朦胧的惆怅
引起了我心中的剧烈冲动，
有时一种神秘的远景
牢牢地吸引着我的想望，
夏天……为了白天的事情，
人们高兴地把我叫醒，

*

有时一些调皮的朋友
开玩笑把我称为法国人，
有时一些迂腐的学究
说我一辈子都是个小混混。
有时在玫瑰盛开的田野上
我们纵情地奔跑放浪；
有时在浓荫蔽日的林荫道，
我谛听一群群天鹅的鸣叫；
有时在一马平川的原野上
凝望着波光潋滟的湖面，
．．．．．．．．．．．．．
去瞻仰卡古尔河[①]边的雕像
．．．．．．．．．．．．．

第二十三节　在誊清的手稿中最初是以下面两行结尾的：

在他们的谈话里没有一个字
说到下雨或者是帽子。

下面还有两节：

---

① 卡古尔河在敖德萨附近，1768—1774 年俄土战争时，俄军曾在此重创土军。此处有俄国元帅鲁缅采夫的雕像。

在真正的贵族客厅里面，
人们不崇尚华丽的谈吐，
也不像迂腐的杂志评论员
说话像小市民那样世故。
上流社会悠闲的女主人
更喜欢说话朴直随心，
这样的谈话不会因古怪奇特
让女主人感到难以入耳。
(学问渊博的杂志撰稿人
在构思评论文章的时候，
对此想必会大感荒谬，
然而世界上怪事五花八门，
也许我们这里没有一家杂志
会想到世界上有这样的怪事！)

*

没有人会用尖刻的嘲讪
去对待一个年迈的老人，
只因为发现他的领结下面
是一个已不时髦的衣领。
女主人不会态度傲慢
让乡下来的客人为难，
她待人平易而又可亲，
对所有的宾客一视同仁。
只有一个漂亮的伦敦阔少——

这不速之客从这儿过路，
以他的气派引人注目，
引起座上宾客的窃笑；
客人们迅速交换的眼色
就是对他的共同评说。

第二十四节　下面誊清的手稿是：

那位女宾，生活的美满
正在向她频频地微笑，
那位女宾，她竟然妄想
把社会舆论的方向引导，
那位社交界的代表人物，
那位女宾，她那平常的人生之路
在某个时候想必闪耀过
光芒，安享了安逸的快乐；
那位女宾，她的心正暗地里
承受着疯狂情欲的刑罚，
满怀着嫉妒，担惊受怕——
她们偶然聚集在一起，
各自怀着不同的心事，
一个挨一个坐在那里。

第二十五节　誊清的手稿中这一节原为：

这里有一位公爵勃罗金，

爱写讽刺诗，对一切都不满：
主妇的茶太甜，太太们太愚蠢，
男人们的语调叫人讨厌；
对赐给两孤女的花字奖章，
对有关某不知所云小说的评量，
对自己老婆的俗气愚拙，
对女儿的呆笨都深为恼火。
这里有个舞会的主持人，
跳来跳去，是个严肃的公务员；
墙边站着个骄傲的青年，
活像杂志上图画的化身，
脸红得像柳树节的小天使，
一动不动，沉默，穿紧身衣。

第二十六节　誊清的手稿中第五至十四行原为：

这里有个叫 K.M. 的法国佬，
老婆像布娃娃，驼背，形容枯槁，
她有七千个农奴作陪嫁；
有个人所有的星章胸前挂，
是个铁面无私的检察官，
不久前这位威严老卡托①
因贪污受贿遭到了贬谪，

① 老卡托（前 234—前 149），公元前 195 年古罗马执政官，维护古罗马的旧风习。

这里还有个睡眼惺忪的枢密官，
一生和纸牌结下不解之缘，
是政府不可缺少的一员。

草稿中有几段异文，其中第七至十行是：

这里坐着安涅特·奥列宁娜[①]，
那么装腔作势，个子像小娇娃！……
那么糊涂，嗓子那么尖，
和她的父母是如此酷肖……

另一处异文是：

这里坐着丽莎·洛西娜，
那么装腔作势，个子像小娇娃，
那么邋遢，嗓子那么尖，
因此每个客人都不由自主
认为她又聪明又恶毒。[②]

第二十六节下面的草稿是：

请看：尼娜正走进大厅，

---

① 原文为法语。
② 第二十四至二十六节，普希金作于1831年6月，当时这部长篇小说已经完成。普希金在这里写到奥列宁和她的女儿；在草稿中我们可以读到对父亲特征的描写——“长着两条细腿的O”“这是她的父亲A.O.”。

她在门口站定了一瞬，
漫不经心的目光频频
扫视着周围注视她的客人；
她酥胸起伏，双肩耀眼，
头上的钻石光芒闪闪，
腰间围着网络般蕾丝，
透明，卷曲，不断地扬起，
一袭绣花的衣裙下面
透露出粉红的秀足一双，
面对着这幅迷人的景象，
人人都兴高采烈，飘飘然……

后来普希金曾考虑用下面一节代替上述一节：

那座富丽堂皇的大厅
挤满了鸦雀无声的宾客，
那拉拉-鲁克①翩翩莅临，
像一朵飘然飞来的百合。
在低头肃立的人群上方，
皇后的额头璀璨闪亮，
卡里忒斯②中的卡里忒斯，
像一颗明星脚步轻移，
大厅里老老少少的客人

① 英国作家莫尔（1774—1852）的长诗《拉拉-鲁克》的女主人公，美丽的印度公主。
② 即希腊神话中的美惠三女神，兼有妩媚、优雅和美丽的气质。

眼中燃烧着羡慕的火焰，
纷纷向帝后俩投去视线，
只有叶甫盖尼没瞧着他们，
只有达吉雅娜让他销魂，
他只看着达吉雅娜一个人。①

第二十七节　在誊清的手稿中这一节下面还有一节：

多少日子过去，多少礼拜飞走，
奥涅金心里只想着一件事，
他没有别的目标要追求，
只想着公开或者秘密
能和公爵夫人见上一面，
哪怕只看到她脸上的表现
是一丝忧虑或愤愤不平。
他克制住发疯一般的心情，
处处——在晚会或者舞会上，
在女时装设计师家里或剧院，
在风雪冰封的河流两岸，
在大街、前厅、会客的厅堂，
处处追逐着她，像影子一样。
如今他的慵懒已不知去向。

① 这一节写尼古拉一世的妻子亚历山德拉·费多罗夫娜，在未出嫁时她曾扮演过拉拉-鲁克一角，茹科夫斯基写过一首诗歌颂她。

奥涅金的旅行

《奥涅金》的旅行原文为第八章。手稿没有完全保存下来，只留下下面一部分。

第一节　和最后一章（即第八章）第十节相同：

幸福的是，年轻时就像年轻人，
. . . .

二

那人有福了，他对人世的必然性
所发出的严厉声音已充分明了，
他在一条大路上度过一生，
那是一条宽广的康庄大道——
他有了目标，并努力去实现，
他知道为什么来到这世间，
把心完全交给至高的神，
就像个包税人或者将军。
塞涅卡说过："我们的出生

是为亲人和自己谋福利。”
(说得不能再干脆和明晰)
但是一个人度过大半生，
回头只看到一事无成，
那他的心将会多么沉重……

第三节　除第一行外，均和最后一章的第十一节相同：

然而想来真叫人难堪
. . . .

第四节　同最后一章第十二节：

成为纷纷议论的对象①
. . . .

五

以缪莫斯闻名也许已厌倦，
也许也厌倦玩另一种面具，
有一次在一个寂寞的阴雨天，
他一觉醒来成了个爱国人士。
诸位先生，俄罗斯忽然间
让他感到无比地喜欢，

① 正文的译文中将这一句放在第三行。

而且是那样坚定。他已入迷，
他心中记挂的只有罗斯，
他对欧洲深深地憎恨，
连同它那僵化的政治、
它那无度的骄奢淫逸。
奥涅金动身了；他将亲临
神圣的罗斯，见识它的土地、
山野、海洋和许多都市。

六

他做好了准备，感谢上帝，
在当年七月三日这一天，
他的轻便马车便一路飞驰，
在漫长的驿路上急驶向前，
在一片半开化的平原之中，
他看见伟大的诺夫哥罗德城，
广场平静了，在这些广场里
叛乱的钟声已不再响起，
斯堪的纳维亚人的征服者，
雅罗斯拉夫，法律的制定人，
还有两个可怕的伊凡——
巨人们的幽灵已不在那里出没，
在那衰颓的教堂周围，

旧时代的遗民人声鼎沸。[1]

七

苦闷啊，苦闷！叶甫盖尼
急急忙忙地往前赶路，
这时瓦尔戴、托尔若克和特维尔
像影子一一掠过他的旅途。
他拗不过几个农妇的纠缠，
向她们买了三串面包圈，
又在这里买了一双鞋，在那里，
在骄傲的伏尔加两岸地区，
他睡意蒙眬地乘车进发，
马车沿山野和河边行进，
里程碑不断闪过，车夫们
唱歌、打嗯哨，有时还吵架，
尘土飞扬。叶甫盖尼醒来时
已在莫斯科特维尔大街飞驰。

八

莫斯科用它目空一切的繁华

---

① 这一节写古代诺夫哥罗德城的历史。诺夫哥罗德城曾举行多次起义，反对外来侵略和封建压迫，城里有大钟，从这里发出召集市民大会的信号。雅罗斯拉夫（约978—1054），基辅大公，曾编纂罗斯法典。两个伊凡指伊凡三世和伊凡四世两个沙皇，他们是俄罗斯统一的完成者。

迎接远道而来的奥涅金，
它的淑女们用美色来诱惑他，
鲟鱼汤一盆在为他洗尘，
在英国俱乐部的大厅里面
(权作人民议会的试验)，
他默默无言陷入沉思，
听着关于稀粥的争执。
他已被发现。到处在流传
有关他的自相矛盾的议论，
他成了莫斯科注意的中心，
有人还说他是个密探，
有人为他的到来写了诗，
有人把他看成如意的女婿。

九

苦闷啊，苦闷！他想到尼日尼去，
去米宁①的故乡。在他面前
马卡利耶夫一片勃勃生气。

下面和《奥涅金的旅行》片断的正文相同。

一〇

苦闷！叶甫盖尼等待着艳阳天。

---

① 米宁（？—1616），俄国人民民族解放斗争的组织者，原为下诺夫哥罗德工商居民。

伏尔加河，这河湖中的美人，
在召唤他张起一方风帆，
去到那波光潋滟的河心。
找乐意搭客的小舟并不难，
他雇上一叶商人的小船，
顺着水流往下游奋进。
伏尔加河起了风浪；纤夫们
一个个手里拄着铁棍，
用他们低沉的嗓门歌唱
强盗们昔日出没的林莽，
歌唱那些豪勇的侦察兵，
歌唱斯坚卡·拉辛在当年
怎样血染伏尔加的波澜。

一一

他们歌唱那些不速之客，
杀人放火的强盗。可是你看，
在那咸涩大海边的山坡，
在他们那片砂质的草原，
商业城阿斯特拉罕在眼前飞峙。
奥涅金刚刚陷入沉思，
把他那往昔岁月追忆，
正午阳光发出的热气、
纠缠不休的蚊蚋一群群
嘤嘤嗡嗡叫着像一团雾霾

从四面八方迎接他的到来，
他气得发狂，立刻就转身
离开里海这松软的海岸，
苦闷啊！他奔向高加索的群山。

一二

他看见汹涌狂暴的捷列克河

下面（第十二节和十三节）和《奥涅金的旅行》片断中相同。草稿中在第十二节下面还有三节（其中第一节缺前四行）：

远处是高加索巍峨的群山，
道路翻越山岭通向那边；
越过它们自然的边界，
战火燃向格鲁吉亚原野。
也许它们那山野的美景
也会偶尔拨动他的心弦。
看吧，跟在草原炮的后面，
周围走着一队押送兵，
· · · · · · · ·奥涅金突然
来到群山前，这幽暗的山间。

*

他看见：捷列克河在咆哮，

猛烈地汹涌着，搏击着河岸，
一只麋鹿低下两只角，
站在河岸悬崖上的边缘；
碎石闪烁着纷纷落下，
山涧奔腾着泻下山崖，
山间，在两座峭壁当中
是一道狭谷；险恶的小径
是那么狭小，越向前越狭憋，
头顶上只看见一线苍穹，
大自然中那阴郁的美景，
到处都现出同样的荒野。
赞美你啊，白发的高加索。
奥涅金第一次为之惊愕。

*

在往日那段难忘的时光！……
高加索，那时你与我相照肝胆，
你不止一次召唤我造访
你那荒凉凄迷的圣殿。
我曾经发疯般将你热恋，
你用暴风雨的强劲呼唤
喧闹地迎接我的到来。
我听见河流的咆哮如排山倒海，
听见过雪崩时如雷的轰鸣，
鹰隼的鸣叫、姑娘的歌唱，

狂暴的捷列克河的喧嚷，
远处嘹亮欢笑的回声，
我这愚拙的歌手，也曾看见
卡兹别克山上璀璨的王冠。

在第十二节下面誊清的手稿中还有两节，已移入《奥涅金的旅行》片断中：

一三

那是荒原的永恒的守卫者……

一四

沉浸在痛苦的深思之中……

第十五节　普希金将这一节的一部分收入《奥涅金的旅行》片断，手稿中这一节是完整的：

“年老的有福了，患病的有福了，
命运之手正给他送去福音！
我年轻精力还很旺盛。
我等待着什么？苦闷，苦闷！……”
白雪皑皑的群峰，再见，
还有你们，库班的平原；

他正向另一处海边前进，
从塔曼来到克里米亚海滨，
充满想象的神圣地方：
在那里，米特拉达悌因战败自杀，
阿特里德同那比拉德吵过架，
那灵性的放逐者曾在此歌唱，
在这海岸的岩石之间，
他回忆着自己的故乡立陶宛。

下面是发表在《奥涅金的旅行》片断中的第十六至二十九节。接着我们在手稿中读到：

三〇

就这样，当时我在敖德萨寄寓，
在一群新交的朋友当中，
忘记了那位愁闷的浪子，
我这部小说中的主人公。
奥涅金从来不曾夸示
我和他神交已久的友谊，
而我这个颇为幸运的人
也从来不和谁互通音信。
当它突然出现在我面前
像个不请自来的幽灵，
你说说看吧，我有多么吃惊，
当时，我会感到多么震撼，

朋友们个个惊讶不已，
而我是如何地欢天喜地！

三一

神圣的友谊，天性的抒发，
接着我们互相看了看，
就像西塞罗笔下的预言家，
我们都轻轻地笑开了颜……
. . . .
. . . .
. . . .

三二

我们没有长久地一起
在爱夫克辛①海岸漫步。
命运又一次让我们分离，
让我们各奔自己的前途。
奥涅金动身前往涅瓦河滨，
在那里他有太多的见闻，
因此对世事意趣尽失。
而我们抛下南方可爱的娇女，
抛下里海肥嫩的牡蛎，

---

① 黑海的古希腊名称。

抛下歌剧和昏暗的包厢，
感谢上帝，还有高官豪强，
去到三山村树林的清荫里，
去到遥远的北方乡村，
我到达时那里是那么凄清。

三三

啊，无论命运把我抛向
哪个无名的偏僻角落，
把我这小小的独木舟抛向
什么地方，无论我在哪儿，
无论赐给我什么晚境，
无论我将在哪里了此一生，
到处、到处在我的内心
都会祝福我那些友人。
是的，是的！我不会淡忘
你们那亲切友好的谈论，
在远方的人群中我孤身一人，
会永远把你们深深地怀想，
我会想念那岸边的柳荫，
想念三山村的安谧和梦神。

三四

想念索罗基河斜岸的美景，

想念一道道长长的山丘，
想念林中蜿蜒的小径，
想念那小屋，我们在那儿喝过酒——
那是个充满缪斯光辉的地方，
年轻的雅泽科夫曾为它歌唱，
在他走出学府的时候，
他曾在我们这村里逗留。
他歌唱索罗基的山林仙女，
他放声朗诵那醉人的诗篇，
声音响彻周围的田园。
我也曾在那里留下足迹，
在那里，我在茂密的松树中
曾吹响嘹亮的芦笛，赠给东风。

早期草稿中下面这个片断可能是《叶甫盖尼·奥涅金》中的一节。但和小说的哪一个章节有关，则难以判断：

“娶亲吧。”“娶谁？”“薇拉·恰茨卡娅。”
“太老。”“娶拉季娜。”“那姑娘太平常。”
“娶哈尔斯卡娅。”“她笑得那么傻。”
“娶那个希波娃。”“她又穷又胖。”
“娶明斯卡娅。”“她懒懒地喘气。”
“娶托尔比娜。”“她爱写情诗。
母亲好胡闹，父亲是傻瓜。”
“就娶连斯卡娅吧。”“没这么傻！
那不是和下人做了亲家。”

“娶玛莎·利普斯卡娅。”“那是个什么人物!
她总挤眉弄眼，丑态百出。”
“娶利金娜吧。”“那算什么人家!
她家准会叫你吃苦头，
他们在戏园里也喝啤酒。”

题　解

诗体长篇小说《叶甫盖尼·奥涅金》是普希金的代表作，初稿在一八三〇年秋完成于波尔金诺。普希金曾列出一个表，内容包括九个章节的目录和暂定的题目，并且把全书分为三部。表中注明了各章节写作的日期和地点。

《奥涅金》

第一部　前言

第一章　**忧郁症**　基什尼奥夫，敖德萨。

第二章　**诗人**　敖德萨，1824年。

第三章　**小姐**　敖德萨，米海，1824年。

第二部

第四章　**乡村**　米海洛夫，1825年。

第五章　**命名日**　米海，1825年，1826年。

第六章　**决斗**　米海，1826年。

第三部

第七章　**莫斯科**　米海，誊清于马林，1827年8月

第八章　**旅行**　莫斯科，巴甫，1829年波尔金诺。

第九章　**上流社会**　波尔金诺。

注释

1823 年 5 月 9 日基什尼奥夫——1830 年 9 月 25 日，
波尔金诺——9 月 26 日。亚普

又急于生活，又忙于感受。

维公爵

七年四个月十七天。

普希金写作这部小说的工作并没有到此结束。后来他删去第八章（《旅行》）。他把这一章中的某些诗节移到下一章，即现在的第八章。他把一八三一年十月五日在皇村写成的《奥涅金给达吉雅娜的信》收入这一章。普希金从完稿中删去第八章，其原因，巴·亚·卡杰宁曾在一八五三年给巴·瓦·安年科夫的信中提到："一八三二年我从故友那里听到关于《奥涅金》第八章的谈话，他说，除了尼日尼·诺夫哥罗德的集市和敖德萨的码头，叶甫盖尼还看到阿拉克切耶夫伯爵建立的军屯，并发表了议论和评语，这些都由于过分激烈而不宜公开发表，因此普希金认为还是让它们永远被遗忘为好，便将第八章从整个小说中删去，因此缺少这些内容，这一章便显得很单薄。"除了准备发表的九章，普希金还处理了不准备发表的第十章。普希金在这一章里记录了十二月党人的活动。一八三〇年十月十九日普希金在波尔金诺焚毁了第十章，但事先把这一章用秘密符号记在一些零星的纸片上，其中有一张流传下来，内容是头十六节的头四行（有删节）。此外还保存了该章三节诗的草稿（不完整）。其余的都散失了，散失的还有《奥涅金的旅行》

(第八章) 中写到诺夫哥罗德居民的诗节。

普希金在生前就开始发表小说的各别章节。第一章发表于一八二五年二月十五日，附有简短的序文和作为引子的《书商和诗人的谈话》。第二章于一八二六年十月问世，第三章发表于一八二七年十月。这一章发表时前面有一段说明："《叶甫盖尼·奥涅金》第一章完成于一八二三年，发表于一八二五年。两年后发表第二章。这种缓慢的速度是由客观状况造成的。今后将不间断地一章接一章陆续发表。"但以后的几章还是经过长时间的间断陆续发表的。第四章和第五章在一八二八年二月一日左右同时发表，附有给彼·亚·普列特尼奥夫①的献词。第六章发表于同年三月末，篇末注明："第一部完。"从这里可以推测，普希金准备再写六章。可是此后问世的只有两章：一八三〇年发表第七章，一八三二年一月发表最后一章。整部小说的单行本于一八三三年三月问世。小说的第二版（一八三七年一月）是普希金生前出版的最后一本书。

第一章 普希金于一八二三年五月九日在基什尼奥夫开始写小说的第一章，十月二十二日在敖德萨完成这一章。这一章反映了普希金在彼得堡度过的最后一个冬天的感受。第一章发表时，普希金已在写第五章，小说的总的特征已经确定。他的朋友亚·别斯土舍夫和康·雷列耶夫对普希金这一新作表示不满，认为他的主题太平庸，讽刺（这一点在序文中曾提到）微不足道，普希金那些崇高的浪漫主义长诗要比《奥涅金》好。对此

① 普列特尼奥夫（1792—1865），俄国文学家，杂志编辑，曾任彼得堡大学校长。普希金作品出版者，普希金的好友。

普希金回答亚·别斯土舍夫：

“你说得不对。你对《奥涅金》的看法是不对的，我仍然认为这是我最好的作品。你把第一章和《唐璜》（拜伦）作了比较。没有谁比我更看重《唐璜》，但它和《奥涅金》毫无共同之处。你谈到英国人拜伦的讽刺，把我的讽刺和它作比较，要我作同样的讽刺！不，我的宝贝，你要求得太多了。哪儿有我的讽刺！在《叶甫盖尼·奥涅金》中没有这种讽刺。如果我触及讽刺，那么我的堤岸将会崩溃。在序文中不应有‘讽刺的’这个字。你再看看其余几章吧……第一章不过是一个引子，对它我已经满意了（这种情况在我是很少发生的）。”（一八二五年三月二十四日）

《叶甫盖尼·奥涅金》第一章问世后，尼·波列伏伊在《莫斯科电讯》上发表了一篇热情洋溢的文章，由此引起了波列伏伊和维涅维季诺夫的一场争论，他们针对《叶甫盖尼·奥涅金》的第一章提出了人民性和浪漫主义文学问题。

普希金对最初的诗文作了修改，把许多诗节删去，又增写了一些新的诗节。这一章在一八二五年出版单行本（二月十八日出版），一八二九年三月末出版了第二版。

出这一版时，第一章是献给弟弟列夫·普希金的。当时没有“无意取悦高傲的社交界”这段献词。

序文之后是《书商和诗人的谈话》。章末有一条注释。

“附注：作品中用虚点标明的删节系作者所为。”

这条注释产生的后果是，当局禁止用虚点标明被书刊检查机关删去的文字。后来有一段时间完全禁止用虚点标明任何删节，因此在第四到第七章里完全没有虚点。

这一节的誊清稿中有两个题词，发表时已略去：

这里集中了许多火热的情感，
是旺盛生命中青春年华的体验。

巴拉登斯基[①]

细微差别和确切判断是最大的对立。

伯克[②]

第二章 写于第一章结束之后。头十七节于一八二三年十一月三日之前完成。包括三十九节的这一章完成于一八二三年十二月八日。一八二四年普希金又补充了一些新的诗节。在完成第二章的时候，普希金曾写信给朋友们，告诉他们写了新的作品，他在给维亚泽姆斯基的信中写道："我现在所写的不是长篇小说，而是诗体长篇小说——两者有极大差别。像《唐璜》一样，没考虑发表问题，写得很潦草。"（一八二三年十一月四日）在给杰尔维格的信中写道："现在我在写一部长诗，我在其中唠叨个没完。比鲁科夫（审查官）不会看到它的。"（十一月十六日）在给亚·伊·屠格涅夫的信中写道："我空闲时在写一部新的长诗《叶甫盖尼·奥涅金》，我在其中备尝苦恼。两章已经写就。"（十二月一日）看来，普希金觉得他在第二章描写的农奴制乡村的景象过于刺激，已不存被审查机关允许发表的任何希望。在这一章完成时，普希金曾写到这一点："关于我的长诗，没什么可想的，如果有朝一日得以发表，那大概不是在莫斯科，也不是在彼得堡。"（一八二四年二月四日给亚·别斯土舍

① 引自《欢宴》一诗。
② 伯克（1729—1797），英国政治家。这句题词原文为英语。

夫的信）但后来普希金对第二章重新作了修改和删节，并且由于审查机关的变化，普希金便把这一章交付发表，未遇到审查机关的严重留难。

这一章的单行本出版于一八二六年十月，注明“写于一八二三年”，再版于一八三〇年五月。

第三章　一八二四年二月八日开始作于敖德萨，六月份之前已写到达吉雅娜的信。下面那部分写于米海洛夫村。在第三十二节下面注明：一八二四年九月五日，全章完成于一八二四年十月二日。一八二七年十月十日左右发表。

手稿中第三章头上有一段题词：

可是告诉我：爱神凭什么并且怎样
在甜蜜地叹息的时候，
让你知道那些朦胧的欲望？

但丁[①]

这段题词引用但丁《神曲·地狱篇》第五歌第二圈：里米尼的弗兰采斯加。发表时的题词引自法国诗人玛尔菲莱特尔的长诗《维纳斯岛上的那喀索斯》。

第四章　普希金于一八二四年十月底开始写作本章，在米海洛夫村。写作这一章时是断断续续的，因为他同时在写作《鲍里斯·戈杜诺夫》《努林伯爵》等作品。一八二五年一月之

① 这段题词原文为意大利语。

前他已写好第二十三节，但这一节之前的若干节是后来写成的。普希金在结束这一章时已是年底。最后一节，普希金写于一八二六年一月初。晚些时候，他修改了这一章。一八二五年十二月四日普希金在给卡杰宁的信中说："《奥涅金》使我厌倦，它睡觉了，不过我不放弃它。"普希金在描写奥涅金的乡村生活时，融入许多自传性特点："在《奥涅金》第四章里，我表现了自己的生活。"（一八二六年五月二十七日给维亚泽姆斯基的信）发表时普希金删去一些带有他个人性质的诗节。发表时删去的这一章的头几节，普希金曾于一八二七年发表在《莫斯科导报》上（共四节），并冠以《女人·〈叶甫盖尼·奥涅金〉片断》的题目（见别稿）。

第四章和第五章于一八二八年一月三十一日一起问世。章首有献给彼·普列特尼奥夫的献词（"无意取悦高傲的社交界"），后来这一献词移至小说的卷首。

题词摘自史达尔夫人的作品《对法国革命的看法》第二卷第二十章。

第五章　本章作于一八二六年。在完成第四章的第二天，一八二六年一月四日，普希金即动手写作这一章。一八二六年十一月二十二日之前完成并誊清。像上一章一样，这一章在描写达吉雅娜命名日的占卜和舞会时反映了普希金对农村的印象（拉林家在一月六日主显节占卜，达吉雅娜的命名日在六天之后，即一月十二日）。普希金有一条注释："在这部小说里时间是按照日历计算的。"这一条对本章特别适用。小说的第四章和第五章一起发表，它们引起了报刊的批评，其中最为吹毛求疵的要算莫斯科的《阿提涅伊》杂志。普希金原准备写文章作答，但结果只在这两章的注文中表达了他的意见。

第六章 和上章一样，本章完成于一八二六年，结束的时候已是十二月一日，普希金开始本章的写作想必是在对第五章作最后润色之前。由于这一章的手稿未流传下来，我们无法知道写作这一章的准确时间。在一八二七年，普希金还对这一章继续进行润色和补充。这一年的八月十日完成了第四十三到四十五节。

本章发表于一八二八年（三月二十三日出版）。正文之后注明："第一部完"。

第七章 在第六章整理完毕之后，普希金立即在米海洛夫村着手写作这一章，它是在写作《彼得大帝的黑人》的间隙中写作的（一八二七年八至九月）。普希金从描写达吉雅娜去莫斯科那些诗节写起，直到本章完（第三十六节及后面的诗节）。显然，普希金写作本章的计划和定稿是不同的。年初普希金在发表一八二五年写作的有关敖德萨的那些诗节时注明："摘自《叶甫盖尼·奥涅金》第七章。"奥涅金的旅行原打算纳入第七章。一八二八年初普希金开始写作本章的头几节时，并未放弃把奥涅金的旅行纳入本章的计划。在草稿中第二十四节之后的一节里，普希金把情节过渡到奥涅金的旅行。显然，普希金就在这里放弃这一打算，而根据新的计划完成了本章。在最后整理这一章的时候，普希金还作了一些删节。这一章于一八二八年十一月四日在马林尼基润色和誊抄完毕。

在第七章尚未完成时，普希金将这一章中有关描写莫斯科的部分于一八二七年一月发表于《莫斯科导报》，全章发表于一八三〇年三月。大部分杂志刊登了对这一章的否定性批评。《北方蜜蜂》刊登了布尔加林的特别激烈的评论。他认为小说新的一章说明了普希金的“彻底堕落”，并且“教导”普希金，在他从军队回来后，发表的不应是《叶甫盖尼·奥涅金》，而应是歌颂胜利的诗篇（一八二九年普希金未经官方同意曾去高加索和土耳其访问远征的俄军）。

第八章 起初描写奥涅金的旅行的一章安排在这一章前面，因此把这一章作为第九章。普希金于一八二九年十二月二十四日开始写这一章，一八三〇年九月二十五日在波尔金诺完成。但后来普希金还作了一些修改。他决定删去最初的第八章，从中把第九到第十三节移到这一章。晚些时候（一八三一年十月五日在皇村）写作了奥涅金给达吉雅娜的信。

本章出版于一八三二年一月二十日左右。封面上标明：“《叶甫盖尼·奥涅金》的最后一章”。

奥涅金的旅行（片断） 旅行的部分诗节还在一八二五年在米海洛夫村时已经写就（对敖德萨的描写），原打算纳入第七章。这些诗节一八二七年三月作为《叶甫盖尼·奥涅金》第七章的片断发表于《莫斯科导报》。另一些片断（对克里米亚的描写）一八三〇年一月一日发表于《文学报》。作为独立的第八章，普希金一八三〇年秋在波尔金诺进行了加工整理。这一章的第一到第五节完成于一八二九年十月二日，全章完成于一八三〇年九月十八日。

第十章 流传下来的这一章仅仅是片断和未完成的草稿。我们从米·弗·尤泽福维奇关于普希金一八二九年在高加索旅行的回忆录中可以知道普希金继续写作《叶甫盖尼·奥涅金》的一些打算。回忆录中说：

“他十分详细地给我们讲述了最初构思的整个情况，按照他的构思，奥涅金本来应该在高加索死去，或者成为十二月党人。”这篇回忆录写于五十年之后（一八八〇年七月），“或者”一词说明尤泽福维奇的回忆录是不准确的。普希金可能是叙述奥涅金由于一八二五年的事件流落到高加索，并在那里死去。

在普希金的遗稿中保存着一份一八三〇年的笔记：“十月十九日焚毁第十章。”

应该说，普希金焚毁的仅仅是当时写好的第十章的一部分。实际上，在焚毁之前他已把它译成秘密符号。他这样做是因为没放弃将来继续写这一章的打算。

在彼·安·维亚泽姆斯基一八三〇年十二月十九日的日记中我们看到：“普希金在我家待了三天。他在乡下写了很多东西，整理了《奥涅金》第九章，并把它写完。他给我朗读未来第十章关于一八一二年和后来几年的那几节诗——这是一篇非常好的纪事。”接着维亚泽姆斯基摘录了这一章的两行诗：

有时在热情的尼基塔家中，
有时在谨慎的伊里亚屋里。

我们在亚·伊·屠格涅夫一八三二年八月十一日给弟弟尼古拉·伊凡诺维奇的信中可以看到有关第十章的记载：“亚历山大·普希金无法出版《奥涅金》中的一部分，其中他描写了奥涅金在俄罗斯的旅行和一八二五年的暴乱，同时也顺便提到了你。”接着，亚·伊·屠格涅夫摘录了第十五节的最后六行诗。

亚·伊·屠格涅夫指出这一章还包含奥涅金的旅行的情节，普希金的遗稿部分地证实了这一点：《旅行》头上有一节（“以缪莫斯闻名也许已厌倦”）在《旅行》（第八章）的手稿中被勾去，旁边注明：“移第十章”。也许在一八三二年之前，普希金曾打算将没有纳入《旅行》的政治性诗节同第十章的纪事合为一章。

普希金把这一章头十六节译成秘密符号，用一些缩写符号把这些诗节的头一段诗行，接着是第二段诗行、第三段诗行等等重抄了一遍。这些译成秘密符号的诗没有完全流传下来：根据这些符号，仅可以把这些诗节每节的头四行复原（即不是全部）；此外，这些符号（从内容上判断）还包括属于第六到第九节的一些诗行（显然是诗节中的第九行）。除了这些秘密符号，流传下来的还有第十五和第十六节的初稿，但都没有写完（尤其是第十六节的草稿）。这些草稿开头的一些诗行和秘密符号相应的诗行是相符的。最后，在第十六节之后有一节完全未写好的草稿，我们把它暂定为第十七节。对秘密符号和草稿内容的鉴别不完全有把握。某些缩写很难理解。要把草稿复原是困难的。因此现在提供的第十章的片断只能说是推测和近似的。

...Быть может, уж недолго мне
В изгнаньи мирном оставаться.

...Нахожусь я в глухой деревне — скучно, да нечего делать; здесь нет ни моря, ни неба полудня, ни итальянской оперы.

...Быть может, уж недолго мне
В изгнаньи мирном оставаться.

...И забываю мир — и в сладкой тишине
Я сладко усыплен моим воображеньем,
И пробуждается поэзия во мне.